VIAGENS NECESSÁRIAS

tao

VIAGENS NECESSÁRIAS

Marco Aurélio Cremasco

Viagens necessárias

Publisher Edgard Blücher
Editor Eduardo Blücher
Coordenação editorial Jonatas Eliakim
Produção editorial Thaís Costa
Preparação de texto Ana Maria Fiorini
Diagramação Guilherme Henrique
Revisão de texto MPMB
Capa Laércio Flenic
Imagem da capa iStockphoto

tao

Rua Pedroso Alvarenga, 1245, 4º andar
04531-934 – São Paulo – SP – Brasil
Tel.: 55 11 3078-5366
contato@taoeditora.com.br
www.taoeditora.com.br

Segundo o Novo Acordo Ortográfico, conforme 6. ed. do *Vocabulário Ortográfico da Língua Portuguesa*, Academia Brasileira de Letras, julho de 2021.

Dados Internacionais de Catalogação
na Publicação (CIP)
Angélica Ilacqua CRB-8/7057

Cremasco, Marco Aurélio

Viagens necessárias / Marco Aurélio Cremasco. – São Paulo : Tao, 2023.

196 p.

ISBN 978-65-89913-37-5

1. Crônicas brasileiras I. Título

23-1157 CDD B869.3

Índice para catálogo sistemático:
1. Crônicas brasileiras

Este livro é como se não existisse. Escrito por outro: um estranho que me habita. Quem o escreve não mais lhe pertence, pois o que está gravado é retrato de um passado que, talvez, nem mais reverbere, embora exista. Esta viagem, certa maneira, completa a trilogia inaugurada pelo livro de crônicas Onde se amarra a terra vermelha, *seguida pela coletânea de contos* A solidão dos anjos, *compostos, em sua maioria, por textos que foram publicados em* O Diário do Norte do Paraná, *de Maringá, entre 2014 e 2016. Nem os anos nem o jornal existem; resta-me, pois, recolher o pouco que de mim restou. Fragmentos. Sim, imagens necessárias e olhares distintos que ponteiam a profissão que abracei, a de ser professor, uma pessoa que faz ciência, desenvolve tecnologias, mas também se debruça no pensamento do outro, traduzido em literatura.*

Conteúdo

Prólogo

A natureza dos metais

Tome um material metálico, submeta-o a certa tensão e observe a sua deformação. A fragilidade do material reside na sua fratura devido a pequenas deformações (permanentes). A resiliência está relacionada à habilidade de o material se deformar em decorrência de tensão externa, ou seja, quanto mais resiliente menos frágil é o material. Duro, frágil, rígido, flexível, maleável. Conceitos de Engenharia usualmente despercebidos no dia a dia, mas que, certo modo, tomamos emprestados: quebra na primeira dobra. Dobra, dobra até quebrar. Dobra, mas não quebra. Você conhece alguém assim? Tenaz? Resiliente? A resiliência na Engenharia e em nós está associada à capacidade de suportar tensões e buscar alternativas para a fragilidade, porque tais características constituem propriedades dos metais, como também fazem parte da natureza humana. Ao se debruçar, portanto, em determinado problema de Engenharia, não se busca apenas a sua solução técnica, mas igualmente a humanidade presente no seu resultado, pois, como preconiza Mahatma Gandhi, um dos pecados sociais é a ciência sem humanidade.

Estudo de uma hidrografia

Parte dos Cremasco vieram do norte da Itália e aportaram no Brasil entre as décadas de 1880 e 1890. Singraram mares na esperança do café e encontraram trabalho árduo; mão de obra a troco de sobrevivência. De Antônio veio Agostinho; de Agostinho, Morillo, meu pai. Ambos nasceram em Sousas, distrito de Campinas (SP), e chegaram ao norte do Paraná na década de 1940. Morillo era um menino astuto, interessado em matemática. Jovem, retornou a Campinas para completar seus estudos e, por uns tempos, viveu com a irmã, Ires. A vida fez com que voltasse à casa dos pais, em um sítio próximo a Sertaneja, no Paraná. No início da década de 1950, conheceu Maria, filha do farmacêutico e tocador de banjo Tavico e da professora Santina. De Maria e Morillo, Marco. Segundo a minha mãe, o meu nome se deve à paixão de Morillo por História – daí a homenagem ao imperador e filósofo estoico Marco Aurélio. E Marco Aurélio, o pé-vermelho, chegou a Campinas, em 1986, para lecionar na Engenharia Química da Universidade Estadual de Campinas (Unicamp), sendo acolhido por Orlando e Teresinha, ela filha de Ires, a que recebera Morillo em tempos idos. A história, a seu modo, repetira-se. Perdi papai muito cedo. Após dezoito anos de sua passagem, eu ancorara em sua terra natal, invertendo em 180 graus a rota de Agostinho Cremasco e assim buscando uma hidrografia de existência. Em pouco mais de três décadas que estou na Unicamp, vi um pouco de quase tudo; e não só na Unicamp, mas em boa parte das universidades que conheci. Durante o percurso na carreira universitária, espera-se que o profissional exerça cargos administrativos, lecione diversas disciplinas, oriente alunos, participe de congressos, componha bancas de avaliações, profira palestras, desenvolva projetos, faça consultoria, escreva artigos e relatórios, publique livros e, em algumas áreas, solicite patentes. Em suma, o indivíduo deve demonstrar atuação e contribuição plena nos pilares clássicos que caracterizam uma Instituição de Ensino Superior (IES): Ensino, Pesquisa e Extensão. Ao me deparar com o Tempo, sento-me à margem do rio de Heráclito, que se modifica constantemente, sinto que os peixes lá estão e a necessidade de pescar continua. Queremos quais peixes e usamos quais instrumentos nessa pescaria? Os livros, os artigos, as patentes, os projetos, enfim, os números? Uma coisa é certa: não existe um rio de Heráclito, mas vários. Busco crer que o objetivo central de uma IES, além de preparar o profissional a ser capaz tecnicamente, é o compromisso com a formação cidadã plena, e, quiçá, esta é a maior Missão de quem embarca na carreira acadêmica. Nessa reflexão, vem-me o brilho no olhar de quem se envereda pela docência, descobrindo-se guia na proa do barco que navega a vida. O rio da existência privou-me de conviver por mais tempo com Agostinho e Morillo, entretanto, do que me disseram, pai e filho tinham algo em comum: eram sonhadores. O neto também.

22 de setembro de 2015

Ensaios

Referências bibliográficas

Seis décadas. Ouvi e ouço o discurso relativo ao distanciamento entre as vidas profissional e pessoal. A barba branca diz que não é trivial, pois somos um povo não trivial. Sobrevivemos e sobreviveremos graças à nossa capacidade de receber, absorver e transformar culturas. O Brasil é o resultado do amálgama de culturas e continua sendo. Nasci em uma cidade de pouco mais de 4 mil habitantes (Guaraci – PR) e cheguei a morar em outra de pouco mais de 4 milhões de habitantes (Rio de Janeiro – RJ). A experiência foi além de um monte de zeros na rabeira de um quatro. Ainda que a vida profissional fosse direcionada à Engenharia Química, experimentei outras paragens, em particular a Literatura. Ambas se complementam e convergem no outro: o ser humano, entendendo que a sua formação profissional não deva ser centrada somente na técnica pela técnica. No final de 2019 e na minha última aula, coincidente ao teste final de avaliação de aprendizagem, provoquei os alunos antes de aplicá-lo. — Como fazem isso comigo? O pessoal ficou assustado e de sorriso amarelecido. Continuei. — Um aluno, antes de terminar este semestre, está preocupado com a disciplina no próximo ano e enviou-me este e-mail: "Boa tarde, professor. Pretendo cursar a disciplina de

Fenômenos de Transporte III com o senhor no próximo semestre e, visando me adiantar nos estudos durante as férias, gostaria de saber qual a literatura que pretende utilizar. Sei que o senhor tem um livro escrito na área, sobre fundamentos de transferência de massa e um novo sobre difusão mássica (lançado este ano). Além desses, existe outro livro-texto o qual o senhor recomende para o estudo aprofundado do tema? Grato...". Após a leitura, voltei-me à turma e disse. — Viram só? Vocês deixaram o guri traumatizado. A turma sorriu e ficou um pouco mais relaxada para encarar a prova, que aconteceria dali a pouco. Esperem — retomei a conversa —, ouçam a minha resposta: "Olá, fulano, usarei como livros-texto aqueles que você menciona. Entendo-os suficientes e atendem à demanda conceitual da disciplina, cumprindo e cobrindo o seu conteúdo programático. Caso se interesse por mais leituras, existem referências bibliográficas clássicas, como os livros do Bird *et al.* (2014) e do Welty *et al.* (2017). Considero importante a sua preocupação de dedicar as suas férias ao estudo de transferência de massa, contudo penso ser mais importante, neste momento, você se preocupar com a organização de seu tempo para o próximo ano letivo, e como você cogita distribuí-lo entre as suas diversas atividades acadêmicas, incluindo não só a EQ 741, mas também as outras disciplinas que cursará. Considero igualmente importante que descanse e desfrute as férias, assim como procure alargar as fronteiras da Engenharia Química. Para tanto, um dos caminhos dá-se por leituras que extrapolam a formação técnica. Assim, recomendo a leitura de: *Cem anos de solidão* (Gabriel García Márquez), *O alienista* (Machado de Assis), *Capitães da areia* (Jorge Amado), *O aleph* (Jorge Luis Borges), *Aura* (Carlos Fuentes), *A tempestade* (William Shakespeare), *A metamorfose* (Franz Kafka), *Os três últimos dias de Fernando Pessoa* (Antonio Tabucchi), *O retrato de Dorian Gray* (Oscar Wilde). Obrigado por seu interesse e aproveite bem as férias". Após a leitura, perguntei ao pessoal se alguém conhecia alguma daquelas obras.

Poucos se manifestaram. Comentei sobre os livros do Machado e do Jorge Amado, detive-me no realismo fantástico do García Márquez, em particular sobre certo personagem que insistia em provar que a Terra era redonda (risos gerais). Finalmente, abordei dois contos de O *aleph*: "A casa de Astérion" e o "Os dois reis e os dois labirintos". Reforcei a importância de descansarem e lerem bastante, pois a vida vai muito além da Engenharia Química. E fomos à prova.

Novembro de 2019

Acenos

O ano de 2019 foi interessante, pois tive a oportunidade de conversar sobre o compromisso social da Engenharia Química na Universidade Federal de Uberlândia e na PUC de Campinas. Proferi palestras para estudantes na intenção de provocar a reflexão sobre a importância do curso deles na vida das pessoas, principalmente quanto à saúde. Para tanto, retomei o relatório estatístico da Organização Mundial da Saúde, relativo a 2017, que estimou em cerca de 54 milhões os óbitos, em todo o mundo, decorrentes de doenças de diversas naturezas, destacando-se as cardiovasculares, que responderam por pouco mais de 32% das mortes. No Brasil, tal porcentagem se aproxima daquela mundial de 2017. O que isso tem a ver com a Engenharia Química? Pois bem, definir uma profissão é procurar a natureza do que ela faz, em que e onde ela atua, além de identificar as suas competências para o seu exercício. Nesse caso, as atribuições do profissional de Engenharia Química associam-se, naturalmente, às atividades da indústria química. É válido ressaltar que, em 2018, a indústria química brasileira, com faturamento de US$ 43 bilhões, figurava entre as seis maiores fabricantes de produtos químicos do mundo, embora apresentasse déficit na balança comercial de US$ 43 bilhões – um histórico que vem desde 1990. Em relação à União Europeia, a *Folha de S. Paulo*, em 31 de julho de 2019, noticiou que os principais produtos exportados pelo Brasil foram farelo e resíduos da extração de óleo de soja, no valor de US$ 3,42 bilhões, respondendo por 8,1% do total exportado, enquanto os principais produtos importados foram medicamentos (US$ 3,67 bilhões, equivalendo a 10,6% do total importado). Importamos produtos com alto grau de tecnologia envolvido em sua produção e exportamos produtos de baixa densidade tecnológica. Evidencia-se a necessidade de aumentar a capacidade de produção e, principalmente, acelerar o desenvolvimento de novas tecnologias associadas a processos e produtos inovadores. Mas como esses números afetam a população? Não são apenas números, e sim o bem de consumo necessário à sobrevivência de parcela dessa população. O tacrolimo, por exemplo, é um fármaco utilizado nos protocolos terapêuticos imunossupressores, principalmente em transplantes de fígado e de rins, além de recomendado para o tratamento de doenças autoimunes, como artrite reumatoide, asma brônquica e várias desordens dermatológicas, a exemplo do vitiligo e da dermatite. Em 2019, veículos da imprensa brasileira reportaram a falta de tacrolimo em várias unidades do Sistema Único de Saúde (SUS) em nosso país, comprometendo sobremaneira a vida das pessoas que dependem do medicamento. A intensificação da produção de fármacos deve estar no foco das políticas públicas e dos centros de pesquisa, compromissados com a questão tecnológica de produção, que não pode estar vinculada somente à econômica para, igualmente, ser direcionada ao bem social. Ao procurar mostrar aos alunos a importância de sua profissão, cujos resultados impactam desde a balança comercial do país até um transplantado renal, que sofre a angústia de não encontrar o seu medicamento no SUS, busca-se conscientizá-los sobre a importância da sólida formação técnica. Estuda-se não apenas para tirar nota em prova, mas porque o seu conhecimento pode minimizar a dor alheia. Em tais palestras, bem como ao longo de uma disciplina ministrada na Unicamp, houve o esforço de mostrar como podemos contribuir com o nosso conhecimento técnico, inclusive com pesquisas conduzidas por mestrandos e doutorandos, cuja manutenção de suas vidas depende de bolsas de estudos. Entretanto, nesse mesmo ano de 2019, bolsas foram contingenciadas, provocando angústia de sobrevivência. Alguns deixaram as pesquisas, outros sequer se candidataram à pós-graduação, interrompendo um ciclo importante de formação e essencial ao desenvolvimento do país. E o então ministro da Educação, meses antes, simulou uma brincadeira de dança na chuva, como se a vida fosse enxurrada escoando pelo esgoto.

Dezembro de 2019

O porquinho com nariz de elefante

Dentre as várias atividades que desempenhamos na vida acadêmica, é basilar que o conhecimento seja repassado a graduandos em sala de aula, a orientandos nos diversos níveis de formação e também aos colegas na hora do café. Isso na esfera, diria, da instituição em que atuamos. À medida que o tempo passa e as experiências se acumulam, somos convidados a compartilhá-las além dos muros de nossa escola. Isso me aconteceu em meados de novembro de 2019, quando tive a satisfação de proferir uma palestra na Universidade Federal da Integração Latino-Americana (Unila), nas dependências do Parque Tecnológico Itaipu, em Foz do Iguaçu (PR). Além da palestra, assisti a uma apresentação da professora Ana Paula Meneguelo, da Universidade Federal do Espírito Santo. Ana abordou técnicas de captura de CO2, importantes para o estudo sobre impacto ambiental. A minha ida à Unila resultara do convite do professor Leonardo Arrieche que, por seu turno, foi procurado por estudantes para que o fizesse. Na sessão de abertura do evento, que precedeu a minha fala, um grupo de alunos latino-americanos de diversas nacionalidades entrou no anfiteatro, trazendo cada qual a sua bandeira: paraguaia, chilena, uruguaia, colombiana, cubana... até onde me lembro. Isso porque a Unila dispõe de vagas para estudantes latino-americanos, assim como estabelece um núcleo comum de disciplinas em que aquele de língua portuguesa tem de aprender o espanhol e vice-versa. No evento, em particular, identifiquei uma harpa paraguaia, uma gaita gaúcha e um violão de todas as pátrias, que foram tocados por estudantes de Engenharia, sensibilizando-nos e nos apontando a Cultura enquanto elemento agregador e que estimula a fraternidade entre as nações. Mas a minha visita não estava completa, pois o Plácido mora em Foz do Iguaçu e era meu desejo vê-lo. Mas quem é o Plácido? O Plácido é um amigo de Guaraci, nossa cidade natal, no interior do Paraná. Na infância, fazíamos teatro e fundamos o Clube do Cebolinha (em homenagem ao personagem do Maurício de Sousa). Com a agenda cheia, enviei-lhe uma mensagem sobre o restaurante em que jantaríamos. Respondeu-me dizendo que tinha um compromisso e faria o possível para nos encontrarmos. Um grupo de professores, incluindo Ana, foi ao restaurante. Nada de Plácido. Terminamos, pedimos a conta e, ao me levantar, o Plácido aparece. Passamos a conversar sobre assuntos vagos de infância, chamando a atenção da Ana, que permaneceu conosco. — Plácido, minha última lembrança em relação a você foi a sua criação de ratos brancos. — Marquinho, você não sabe a dor de cabeça. Aqueles bichinhos são insaciáveis, procriam feito... ratos brancos. Em poucos meses, de dois foram para trezentos, a ponto de meu pai exigir destino a tudo aquilo. Foi então que ele me relatou a partida de seu pai, de sua mãe e de seu irmão, Beto.[1] Um grão de arroz entalou em minha garganta, pois Plácido havia presenciado a partida de toda a família. Gentil, Plácido prosseguiu. — Por conta da professora de Português, Eunice Ribas, fiz jornalismo. Olha só, Plácido, tenho um texto em que cito a importância da profa. Eunice em minha formação, como também à

1 Plácido juntou-se à família em janeiro de 2021, em consequência da Covid-19.

do professor de Ciências, o Romano.[2] Foi esse, Marquinho, foi esse quem me deu os benditos ratos. A professora Eunice – continuou o Plácido – me incentivou a escrever uma crônica e enviá-la à *Folha de Londrina*. Além de publicada, ganhei um prêmio. Escrevi sobre um porquinho que nasceu com tromba de elefante. Graças ao professor Romano, expus o porquinho na Feira de Ciências do Ginásio. Você se lembra, Marco? Embargado, respondi. — Como haveria de esquecer? Nisso, virei-me para a Ana, que sorria. — Ana, há quanto tempo você imagina que a gente não se vê? — Uns dois anos? — respondeu-me. Há 43 — disse-lhe. A idade dela e de muitos. A riqueza do ser humano está na sua experiência, por menor que seja, e está além da técnica, feito um porquinho com nariz de elefante, revivido nas margens da colossal engenharia de Itaipu.

Dezembro de 2019

2 Ver crônica em "Onde se amarra a terra vermelha".

A educação pelo tempo

Sobre a gratidão

Dediquei o meu último semestre como aluno, em 1984 e no então Departamento de Engenharia Química (DEQ) da Universidade Estadual de Maringá (UEM), a um trabalho de conclusão de curso a mim oferecido pela professora Carmen Lúcia da Rocha Pietrobon. Encantei-me com a pesquisa científica, cujos resultados foram apresentados perante uma banca de professores. As palavras de motivação ecoam-me. Além disso, em outubro daquele ano houve o Encontro sobre Escoamento em Meios Porosos. O professor Nehemias Curvelo Pereira, do DEQ/UEM, apresentou-me a um senhor falante e personagem principal daquele congresso, o Giulio Massarani, da Coppe (Instituto Alberto Luiz Coimbra de Pós-Graduação e Pesquisa em Engenharia) da Universidade Federal do Rio de Janeiro (UFRJ). Foi a gota d'água. O incentivo dos professores de Maringá, a empolgação com as atividades científicas e o contato com ícones feito o Massarani impulsionaram-me para continuar na academia e me fizeram aplicar, no final de 1984, para o mestrado na Coppe/UFRJ. No início de março de 1985, estava no Rio de Janeiro. Outro universo descortinara-se, e no Fundão (como era – e é – conhecido o *campus* da UFRJ) os meus primeiros professores foram Ciro Hackenberg, Krishnaswamy Rajagopal e o Giulio Massarani. Logo no primeiro mês de aulas, metade da turma desistiu da pós-graduação ao se deparar com os gradientes, divergentes e laplacianos do Ciro. No final do segundo mês, após as notas das primeiras provas, o *coup de grace*: de trinta, restaram nove alunos. Não me lembro de ter estudado tanto. O esforço foi recompensado e continuei no mestrado. Para turbinar a minha permanência na Coppe, existia o Velho Massarani, que, além de ministrar aulas com prazer indescritível, era apaixonado por Literatura e acabou sendo o meu orientador. Descobri na Coppe professores/leitores vorazes, feito o Cláudio Habert e o Evaristo Biscaia Jr. Eu conversava sempre com o Velho Massa sobre Machado de Assis, e descobri que a vida (intelectual) transcendia a Engenharia e que a capacidade do ser humano transpõe os limites do conhecimento convencionado. Enquanto corria solto o primeiro Rock in Rio, eu secava arroz nos porões da Coppe/UFRJ e, nos meus últimos dias de Rio de Janeiro, declamava Fernando Pessoa sob os arcos da Lapa ou no bar do Toninho, na rua do Riachuelo. Escrevo isso porque, semana passada, retornei à Coppe/UFRJ. O Massarani morreu há algum tempo, assim como o Ciro. Fui à Coppe devido a um convite do professor Cláudio Habert para compor uma banca de avaliação de doutorado. O Cláudio é o último remanescente de uma época áurea. Retornei depois de trinta anos. Nesse tempo, a geografia do Fundão modificou-se, e muito. Encontrei-me com o Cristiano Borges, meu veterano e hoje professor na Coppe, que me deu um abraço e disse sobre a satisfação de meu retorno. O meu retorno. Esse retorno era como se eu nunca houvera saído. Na defesa do doutorado da orientanda do Cláudio, várias pessoas prestigiaram-na e fizeram-me, em exercício de empatia, colocar-me no lugar da doutoranda: não há capacidade técnica capaz de suplantar o respeito. A candidata foi aprovada e, mais do que tudo, não foi ignorada por aqueles que a cercam. A formação de um profissional não está restrita a parâmetros técnicos; valores básicos de conduta são fundamentais, sendo a componente gratidão essencial para que o futuro não nos espere com lembranças de *iceberg* ou em calabouços de frustrações. A minha ida ao Rio foi rápida, técnica e objetiva, sem, contudo, perder o espírito de há trinta anos. O tempo é uma invenção da razão, e a engenharia, da poesia.

1 de setembro de 2015

Ao aluno desconhecido

No entardecer de 28 de abril de 2015, fiquei atônito diante da tevê: com spray de pimenta e bombas de gás lacrimogêneo, policiais militares do Paraná investiram contra professores, com a justificativa de impedi-los de acessar as cercanias da Assembleia Legislativa, em Curitiba. A manifestação dos professores deveu-se à posição contrária a um projeto de lei de reforma da previdência dos servidores estaduais. Vendo a repressão desmedida, fundamentada no "cumpro ordens", dei voltas em mim e senti uma lágrima escorrer. Escrevi este poema: "você me empurra me assusta/lança bombas// então eu choro//as lágrimas são devido ao gás, sim//mas aquelas que escorrem/e em mim que mais doem//é saber que mãos empoeiradas de giz/ensinaram-no ler e escrever//ser o que você sempre quis// inclusive para decidir/a lançar bombas sobre mim". Como não sei lançar bombas e nem me disponho a aprender, disponibilizei o poema em uma rede social. Uma conhecida, residente em Curitiba, comentou. — Tão real e tão brutal. Daqueles dias em que se lamenta ver os fatos. Sem muito a acrescentar, disse-lhe apenas: "chocado". Essa amiga respondeu. — Estamos, e não aconteceu lá no fim do mundo. Continuaria sendo trágico, mas distante. Não! Foi aqui no meu quintal. Outra pessoa interferiu. — Nossos companheiros em Curitiba, infelizmente, viveram concretamente a sua poesia. Sentimos na alma e, até constrangidos, agradecemos pela dedicação e resistência concreta em prol de direitos coletivos. Alguém, que não está na minha relação virtual, visitou o poema e escreveu. — Fui professora e sou de família de professores, tenho 81 anos e as suas palavras apertaram meu coração. Não, professora, não são as minhas palavras que apertam corações, mas doeu muito ao ler o seu testemunho. Nasci no Paraná, fui criado e alfabetizado no Paraná. Estudei em Guaraci, Santa Fé, Astorga, Paranavaí e Maringá. Além da educação recebida em casa, foram os professores os responsáveis pelo que me tornei: grande ou pequeno, não importa. Professores do Paraná, esse gás que corroeu e corrói as retinas de vocês derramou e derrama lágrimas de todos nós. Recebi este outro comentário. — Não sou professora, mas técnica de uma Universidade há 32 anos, e nunca vivemos uma situação sequer parecida. Amanhã estarei com meus companheiros em Curitiba. No outro dia, 29 de abril de 2015, as agressões, em vez de cessarem, encrudeleceram, e essa pessoa foi agredida. Não só ela. A truculência foi tamanha que o prefeito de Curitiba fez um apelo ao governo do Estado. — Estamos fazendo o possível para atender os feridos na Prefeitura, mas nossa capacidade é limitada. Faço um apelo ao governador, Secretaria de Estado da Segurança Pública e Assembleia. O momento é de pacificar. Já temos muitos feridos. Poderia me estender, citando, por exemplo, *pitbulls* assustando professores e cravando suas mandíbulas na perna de um cinegrafista. Algum alienígena desavisado, ao posar na Terra e ler este relato, teria a sensação de estar em uma guerra. Não, sr. Alienígena, não se trata de guerra, e sim de gente que apanha por clamar por segurança e respeito. Pessoas que dedicaram suas vidas a formar o semelhante e que reivindicam, tão somente, um fim de vida com dignidade. Não sei, sr. Alienígena, como aqueles que empurram, lançam gás e cães sobre pessoas chegam a suas casas como se nada tivesse acontecido e olham para seus filhos com a preocupação de enviá-los, no outro dia, à escola. Ao chegarem à escola, tais filhos não encontram o professor ou por estar em greve ou em convalescência, devido a ferimentos causados por seus pais. Mas iguais ou piores são aqueles que não foram às ruas para cumprir ordens e ficaram encastelados, protegidos por cães ferozes, para aprovar um projeto de lei que modificou a previdência dos servidores estaduais do Paraná, depois sancionado por seu governador. Esses, porém – os políticos –, dentre os vários temores que os cercam existe um que os faz tremer em suas cadeiras: o voto. Sr. Alienígena, guarde os nomes e decida, em sua próxima visita às urnas, se quer vê-los mestres de nosso destino, pois a aposentadoria dos verdadeiros mestres eles já definiram.

5 de maio de 2015

Sonata dos trinta anos

André Mehmari, pianista, compositor, arranjador e um dos expoentes da música erudita em nosso país, foi duramente agredido por vaias e palavras de baixo calão após dizer quem foi Ernesto Nazareth e antes de apresentar, ao público, algumas peças desse importante compositor brasileiro. O fato ocorreu em maio último diante de uma plateia de cerca de seiscentos estudantes pré-adolescentes da rede pública estadual de Campinas, no Teatro Castro Mendes. Sem a intervenção ou de monitores ou de responsáveis pelo evento, que, supostamente, deveriam estar por perto para socorrê-lo do desconforto, André dedilhou o piano e, cabisbaixo, tocou uma suíte de maxixes de Nazareth, na esperança de despertar algo naquelas crianças. Fiquei sabendo desse episódio lastimável por meio de uma postagem de uma amiga em uma rede social. Entristeci-me, mais, após ler um comentário de terceiro sobre o caso. — Isto é o que dá jogar pérolas aos porcos. Evito ao máximo entrar em discussões no universo virtual, sobretudo quando desconheço o interlocutor, mas dessa vez não me contive e retruquei. — Crianças não são porcos. Sim, devemos lançar pérolas, rubis e diamantes para elas, pois são pedras preciosas que precisam ser lapidadas. Compartilho o ocorrido tendo em vista que, em 4 de junho de 2016, completei trinta anos como professor na Faculdade de Engenharia Química (FEQ) da Universidade Estadual de Campinas (Unicamp). Mais da metade de minha vida foi na FEQ. Completei trinta anos de magistério e penso na possibilidade de o Ernesto Nazareth estar vivo. Se estivesse, ele estaria sentado à frente de um piano. O que tocaria? Polca, valsa, samba, tango? Ernesto permanece conosco na sua obra. E nós? O que tocamos? Quem ensinamos a ouvir? No silêncio de um choro, ouço que a Educação é a fonte criadora, transformadora e inovadora que nutre o ser humano. A Educação existe para ser agente civilizadora, de transformação social e de consciência cidadã. A necessidade da Educação deve estar no topo das prioridades de qualquer nação, além de ser a base para os progressos científicos e tecnológicos de um país, assim como para iluminar almas por meio da Arte. Completei trinta anos na Unicamp e me sinto incompleto ao ler sobre o que aconteceu com André Mehmari. O que podemos fazer? Somos, cada qual na sua especificidade profissional, um instrumento cuja característica reside na música que podemos oferecer. Que som é esse? Um maxixe de Nazareth a ouvidos imersos na carência que os envolve dia a dia? Existe uma sonata diferenciada a ser oferecida ao público, principalmente quando este está em fase de formação básica: a Educação é capaz de promover a paz e o bem. As agressões lamentáveis ao André Mehmari são mais corriqueiras do que imaginamos, uma vez que estão nas salas de aula, impulsionando professores a abandonarem a carreira. Essas agressões estão nos governantes ao não reconhecerem, objetivamente, a grandeza da profissão de professor. Talvez não sejamos as melhores das pessoas, mas temos o compromisso de torná-las melhor do que somos.

7 de junho de 2016

As leis de Nailor

As aulas começam. Estamos prontos? Ao me questionar, alguém sussurra: "A Educação, de tempos em tempos, deve ser revisitada para que use roupas mais adequadas à sua época". Olho-me e vejo-me de pijamas enquanto escrevo esta crônica, todavia a tal "roupa adequada" que pondero vestir, considero ser a nossa compreensão sobre o que pensamos e como agimos. Sorrio, e, perceba, quando sorrimos, temos a tendência de fechar os olhos e carregar um semblante japonês. A imagem que tenho não é a minha, mas de pessoas que, ao sorrirem, refletem um sábio oriental, feito o Nailor Marques Jr., de quem tomei, há pouco, a citação contida em seu livro *A lei de Zeca & outras leis* (Editora Liceu, 2004). Nailor é formado em Direito e Letras pela UEM. Há mais de trinta anos atua como professor e profere palestras nas áreas educacional e empresarial, além de dizer poemas de Augustos dos Anjos como ninguém. O livro é fruto de matérias escritas, na internet, nos anos de 2003 e 2004. Dos cinquenta trabalhos produzidos, foram selecionadas vinte crônicas sobre Educação. Nailor revela que, desde o início da disponibilização de seus trabalhos na rede virtual, pessoas interferiam contra e a favor do teor dos textos, levando-o a escrever sobre "temas mais perenes, para que as matérias não envelheçam com muita rapidez, para que mantenham certo oxigênio". Após pouco mais de dez anos de sua publicação, as leis de Nailor mantêm-se atuais, a começar por esta afirmativa: "A nossa guerra educacional está na luta primitiva do arroz, feijão, saúde e educação". Em outra passagem, ele nos apresenta o seu olhar atemporal: "O Brasil, como um todo, tem de acordar do sono da insegurança de que sempre se alimentou de ser o país do futuro. O futuro é agora. O futuro é hoje. Não há berço esplêndido, o que há é gente esplêndida e para fazer um país esplêndido só falta coragem para parar de reclamar e começar a focar nossa energia na luta, no enfrentamento dos problemas, no que vemos e temos de positivo". Apesar de a Educação ser o fundamento do livro, o Brasil é o seu personagem principal, pois, segundo Nailor: "o Brasil é um país tão rico de gente tão pobre, porque não aprendeu a pensar e olhar à sua própria volta". Ele continua de maneira contundente: "É preciso parar de votar em promessas estúpidas e eleitoreiras, é preciso que nossos políticos enxerguem um pouquinho além de seus umbigos burros, é preciso que as pessoas que ocupam cargos públicos aprendam a separar o governo do Estado que elas representam". Nailor arremata, desprovido de subterfúgios, em outro trecho: "Se os desonestos brasileiros voassem, nós nunca veríamos o sol". No conjunto de textos sobre pecados capitais, Nailor saca a espada, forjada com pitadas polêmicas e golpeia a inveja, pois "é o pior e mais recorrente dos sete pecados capitais na vida dos brasileiros. O brasileiro dedica mais tempo da sua vida a desejar o mau dos outros do que a tentar melhorar a sua própria vida". Nailor nos chama a atenção e diz que "precisamos ver além de nós mesmos e tirar a nossa vida e a do país em que vivemos desse marasmo de mediocridade em que nos encontramos". Dono de opiniões intensas e ferrenho defensor da Educação, o professor nos ensina que o "conhecimento é como o amor, ninguém pode dar o que não tem" e que "a Educação existe para a construção e não a desgraça das pessoas". Não tem jeito, toda vez que penso em Nailor, vem-me um monge japonês com roupas de samurai.

23 de fevereiro de 2016

Carta a um jovem professor[1]

Caro, você está fora do país para um estágio técnico importante e fundamental para todos. O seu aprimoramento é necessário ao nosso desenvolvimento. O ritmo de trabalho é intenso, sério e comprometido – como deve ser e como você sempre fez. As dificuldades são inúmeras, porém as maiores estão associadas à adaptação à cultura que o recebe. Dificuldades não têm fronteiras e podem ser equacionadas com experiência – esta adquirida diariamente, com decisões a serem tomadas. Aliás, são as decisões que nos moldam, e você está no caminho certo. Ao caminhar, passamos a desenvolver aquilo que escutamos como "conflito de amor e ódio pelo lugar". Penso que esse embate é inerente à natureza humana, que ecoa os conflitos que trazemos interiormente. Adaptar-se é sinal de inteligência. A superação e a capacidade de extrair o que há de bom de situações adversas, assim como olhar para o futuro, são caminhos para a sabedoria. Tenho a sensação que você navega tais mares.

1 Esta crônica foi escrita para o professor Guilherme José de Castilho quando de seu pós-doutorado no Canadá. O Guilherme foi meu orientado de mestrado e de doutorado e depois, por duas vezes, meu chefe de departamento.

Isso é bom. Navegue com tranquilidade para que possa trazer um barco recheado de conhecimento, inovação, vontade, experiência para as nossas praias, porque o país atravessa um período que demanda cuidados. Não é o primeiro. Tivemos, em nossa história, várias situações dessa natureza, como as relacionadas à Independência, à Proclamação da República, à Revolução de 30, ao Golpe de 64 e à renúncia do Collor. São os momentos de crise que nos possibilitam a reflexão do que somos enquanto nação e o que precisamos fazer para torná-la melhor e de todos. Questionaram-no sobre o que aconteceu com o Brasil, pois "estava indo tão bem". Essa sensação ao olhar estrangeiro também foi compartilhada internamente. O problema é que personagens, responsáveis por decisões importantes, direta ou indiretamente, para a população, desviaram-se de condutas éticas e legais. O embate político acirrou os ânimos. Em meio ao turbilhão criado, aflorou em nosso cotidiano o protagonismo de órgãos que não estavam presentes de maneira tão contundente, com uma visibilidade tão intensa na mídia: os do Judiciário. Alguns o entenderam como Justiça propriamente dita, enquanto outros o enxergaram como a ação de justiceiros. Vejo nisso tudo o aspecto positivo da aprendizagem sobre a liberdade de opinião, a liberdade de escolha e suas consequências. A oportunidade de vivenciarmos a cidadania. O fato é que me preocupa a hipocrisia de antigos adversários, hoje aliados (e vice-versa) para alcançar objetivos pessoais, enquanto esses objetivos deveriam ser os da coletividade; a hipocrisia daqueles que se fartaram e hoje cospem no prato, de quem preferiu a escuridão e hoje roga a resplandecência do correto, de quem se considera acima de tudo e de todos. Preocupa-me a possibilidade de confronto não mais de ideias, mas físico; o discurso baixo e covarde de quem se arvora dono da Verdade, semeando intriga e discórdia. Nutro a esperança do fortalecimento da Democracia. Daí, sim, seremos nós a recebermos pesquisadores para repartirmos não apenas o conhecimento técnico, mas a experiência de nação ao nosso modo.

Respire fundo e monte o desmontado, organize o desorganizado; encare as tribulações como necessárias ao seu crescimento. E então, volte. Precisamos de você de forma integral, afinal nos realizaremos quando de mestres passarmos a pupilos.

29 de março de 2016

Outro lado da razão

A sobrevivência sustentável

Nesta última sexta-feira, tive a satisfação de proferir uma palestra sobre sustentabilidade para os alunos do curso de Engenharia Química da Universidade Federal de Alfenas, *campus* de Poços de Caldas (MG). O evento se referia às oportunidades profissionais para os futuros engenheiros e engenheiras. "Futuro" foi o fio condutor para eu delinear a minha fala para um pessoal moldado pela ciência e tecnologia, cujo resultado de sua profissão impactará a sociedade por meio de transformações que, muitas vezes, nem temos ideia em que resultarão. Lembrei-me do livro de Jared Diamond, *Colapso: como as sociedades escolhem o fracasso ou o sucesso* (Record, 2005), em que o autor aborda as causas que contribuíram para o esgotamento de algumas civilizações, feito a do Império Maia, na península de Yucatán (México). Diamond aponta alguns fatores que contribuíram para tanto: desmatamento e destruição do habitat, problemas com o solo, gestão da água, excesso de caça e sobrepesca, efeitos da introdução de outras espécies sobre as espécies nativas, aumento demográfico com grande demanda e recursos limitados. No mundo contemporâneo, segundo Diamond, a sociedade encontra-se vulnerável devido a: mudanças e variabilidade climática, carência de energia, utilização total da capacidade fotossintética do planeta, acúmulo de produtos químicos tóxicos no ambiente. As sociedades que souberam cuidar de seus recursos naturais foram mais bem-sucedidas ao se antecipar às alterações climáticas e ambientais para sobreviver a elas. Povos que, ao contrário, exploraram em excesso os seus recursos optaram, de algum modo, pelo colapso. Com base no trabalho de Diamond é possível escrever que tal opção está associada à falta de capacidade de antever o problema ou de resolvê-lo no momento de sua percepção. Uma informação interessante advinda da leitura da obra de Diamond está na associação entre a vulnerabilidade de uma sociedade e o comportamento socialmente desmedido, em que uma minoria causa malefícios para a maioria, tendo em consideração os próprios interesses – interesses esses, por vezes, fortemente atrelados à questão econômica, resultando em impactos desastrosos à sociedade. Tendo em vista tal consequência predatória também para o meio ambiente, nota-se a existência de três dimensões: o aspecto econômico, o compromisso social e a questão ambiental. Essas dimensões interagem entre si: das dimensões social e ambiental resulta a socioambiental; das dimensões econômica e ambiental, a econômico-ambiental; e das dimensões social e econômica, a socioeconômica. O balanceamento de tais dimensões não se refere somente ao momento presente, que visa atender às necessidades da atual geração. Além desse comprometimento, existe aquele para com a geração futura. Tal percepção é uníssona à definição de Desenvolvimento Sustentável contida no *Relatório Brundtland* (1987), segundo a qual se deve satisfazer às necessidades da geração presente sem comprometer as necessidades das gerações futuras. Como trazer essa questão para estudantes de Engenharia, cuja preocupação é o futuro? O cerne da palestra para o pessoal de Poços de Caldas foi o de provocar a reflexão de que as oportunidades para os futuros profissionais estão compromissadas com o futuro em si, pois o objetivo de hoje deve estar atrelado à necessidade do amanhã. Para tanto, é imprescindível uma sólida formação técnica para antever problemas ou para solucioná-los de pronto, associada aos compromissos social e ambiental, visando à sobrevivência da própria Terra. Talvez a turma de Poços de Caldas tenha se esquecido de minha palestra. Peço que se lembre de Caetano: "Terra! Terra!/Por mais distante/O errante navegante/Quem jamais te esqueceria?". Nós, que somos simples passageiros e de passagem, não podemos nos permitir esquecê-la.

2 de dezembro de 2014

Mar de lama

A sociedade encontra-se vulnerável a catástrofes que podem resultar em sua destruição, seja por acidentes ditos naturais, seja por aqueles causados pelo próprio ser humano. A partir das últimas décadas do século XX, várias ações internacionais foram tomadas quanto à preservação do meio ambiente. Dentre essas ações, podem-se citar as convenções estabelecidas para a segurança química, dentre as quais a Convenção da Organização Internacional do Trabalho (OIT-174), ratificada no Brasil por meio do Decreto n. 4.085, de 15 de janeiro de 2002. A OIT-174 objetiva a prevenção da ocorrência de grandes acidentes industriais e se baseia na Diretiva de Seveso, em que se emprega o conceito de intersetorialidade entre trabalhadores, indústria, trabalho, meio ambiente, saúde, defesa civil e planejamento urbano. Essa Convenção aplica-se a instalações sujeitas a risco de acidentes de larga escala em que há substâncias perigosas. No escopo do Decreto n. 4.085, encontra-se o conceito de "acidente maior" para designar "todo evento inesperado, como uma emissão, um incêndio ou uma explosão de grande magnitude, envolvendo uma ou mais substâncias perigosas e que exponha os trabalhadores, a população ou o meio ambiente a perigo de consequências imediatas ou de médio e longo prazos". No seu artigo 18, lê-se que "a autoridade competente deverá dispor de pessoal devidamente treinado e qualificado que tenha a competência adequada e com o apoio técnico e profissional suficiente para inspecionar, investigar, avaliar e assessorar assuntos tratados nessa Convenção e garantir a conformidade com a legislação nacional". Ainda que existam leis no país para inibir crimes ambientais, estas não impediram que, no final de março de 2003, houvesse vazamento de resíduos químicos da Indústria Cataguases de Papel Ltda. em Minas Gerais. O volume foi de 1,4 milhão de metros cúbicos de lixívia negra, causando a contaminação dos rios Pomba e Paraíba do Sul e resultando em prejuízos ao ecossistema e às comunidades ribeirinhas em municípios de Minas Gerais e do Rio de Janeiro. Tais leis também não evitaram, doze anos depois, que Minas Gerais fosse palco de outro desastre socioambiental. No último 5 de novembro, romperam-se duas barragens da mineradora Samarco, empresa pertencente à Vale do Rio Doce e à anglo-australiana BHP Billiton, liberando toneladas de lama, oriunda da mineração de ferro, causando a destruição dos distritos de Bento Rodrigues e Paracatu de Baixo, transformados em ruínas arqueológicas, além de deixar mortos e desaparecidos. A lama avançou sobre a bacia do rio Doce, a quinta maior do país. Além de o abastecimento de água ter sido suspenso em diversas localidades dos estados de Minas Gerais e do Espírito Santo, o Doce corre o sério risco de assoreamento. Por estar em suspensão, a lama impede tanto a oxigenação da água quanto a entrada da luz solar, podendo comprometer a biodiversidade e levar à extinção de espécies endêmicas. O mar de lama atingiu o mar do Espírito Santo pouco mais de duas semanas após o desastre. Estamos à mercê do tempo e da natureza para atenuar as marcas de tragédia de Mariana. A existência de leis é o bastante para nos confortar? Existem de fato ou só estão em papel para a divulgação de políticas de proteção socioambiental? Desleixo? Irresponsabilidade? Multar é o suficiente? A expressão "mar de lama", tão própria para descrever o que ocorre no subterrâneo do poder, nunca esteve tão em evidência como agora, exposta ao longo do rio Doce e desembocando no verdadeiro mar, deixando de ser metáfora para se tornar realidade tão visível, palpável e assustadora.[1]

24 de novembro de 2015

1 As tragédias em Minas continuaram: em 25 de janeiro de 2019, ocorreu o rompimento de barragem em Brumadinho, resultando no maior acidente de trabalho no Brasil até então em perda de vidas humanas.

A liberdade do pensamento

A visão contemporânea sobre os bens de produção não se volta, tão somente, para o produto gerado por suas características tanto de qualidade quanto econômicas. Com o crescimento, a intensificação e a inovação das atividades de processamento tecnológico, as atenções se voltam, também, para resultados que consideram o impacto de resíduos advindos do processo produtivo. Como exemplo, cita-se a produção de cerveja e o que fazer com a biomassa residuária de leveduras. O Brasil, em 2015, produziu cerca de 16 milhões de litros desse material. Pesquisas mostram que esse despejo, após tratamento adequado, pode ser um produto interessante a ser aproveitado para alimentação animal ou como bioadsorvente de metais pesados. Um dos desafios reside em como reduzir o volume da biomassa para facilitar o seu manuseio, assim como a estocagem e o transporte, sem mencionar a atenuação do impacto ambiental. Sim, é possível. Nota-se, neste exemplo, que a questão é abordada com o enfoque de transformar a biomassa em coproduto, atendendo a um dos elementos básicos da Responsabilidade Social Empresarial: a geração de lucro responsável, além de acolher o segundo princípio da Carta da Terra, que alude à integridade ecológica por meio da redução de descarte. Ou seja, algo exequível e consoante com os pilares do Desenvolvimento Sustentável, uma vez que dialoga com alternativas tecnológicas sem danos a terceiros, assim como potencializa lucros para o empreendimento. Esse entendimento não corresponde a práticas passadas, pois se descartavam resíduos sem qualquer compromisso técnico e social, afetando o meio ambiente, contaminando-o e prejudicando a saúde da população nele inserida. O objetivo da produção da cerveja, sob o enfoque hoje ultrapassado, é o lucro pelo lucro. Por que tratar? O que são 16 milhões de litros/ano de resíduos perto dos dividendos oriundos da comercialização de 13,8 bilhões de litros anuais de cerveja? Na medida em que existe a conscientização responsável, sustentável e humanitária, esta impulsiona soluções tecnológicas criativas e factíveis, que objetivam minimizar ou mesmo erradicar qualquer dano. Essa consciência só aflora se for provocada na fonte, na ideia, no pensamento. A discussão passa, necessariamente, por uma profunda reflexão, sopesando-se todas as opções possíveis. Um professor de projeto de engenharia, no passado, abordaria viabilidades científicas, técnicas e econômicas de um projeto de cervejaria. Hoje, é crucial atentar para a viabilidade socioambiental, além de considerar as legislações ambientais e trabalhistas, inclusive como critério para a implantação ou não de determinada planta industrial. Tal mudança de postura nasce da crença e da coragem para romper paradigmas, a começar pela sala de aula. Assim, não se pode enquadrar o pensamento, aprisionando-o em leis retrógradas. Torna-se necessário despertar o senso crítico, mas também a arte de ouvir diferenças, ponderando-as. Intolerância não é sinônimo de democracia, muito menos de desenvolvimento. O formador de pessoas deve preservar a liberdade, a ética e o profissionalismo para professar o que pensa e defender o que acredita, esforçando-se na busca da compreensão do outro, aprimorando-se e distanciando-se de cartilhas e discursos que transpiram autoritarismo e fanatismo, principalmente quando atrelados a leis que amordaçam e cerceiam o pensamento no ensino. Pensar livre é essencial para a sustentação de um país livre.

26 de julho de 2016

O papel do professor de tecnologia

Os profissionais de tecnologia são chamados para responder à demanda do mercado e às necessidades da população, por meio, inclusive, da criação de novos produtos, valendo-se do aprimoramento ou da proposição de processos inovativos. Os produtos devem ser analisados, criticamente, quanto à sua qualidade, eficiência, funcionabilidade, aceitabilidade ambiental, entre outros parâmetros de controle. Nesse contexto, a formação tecnológica direciona-se para a criatividade, associando-a à urgência da inovação. O aprendiz precisa de estímulos, além de conteúdos clássicos, para pensar o novo e, estando em posição decisória, propor soluções inventivas a processos considerados obsoletos. O desenvolvimento do processo criativo não carece, necessariamente, restringir-se a produtos de consumo imediato. Não se deve perder a visão do futuro. Existem tecnologias baseadas na conciliação da visão do futuro com o que já existe, como é o caso das técnicas de combinação, utilizadas para aumentar a versatilidade de determinado produto, feito o celular multipropósito; de miniaturização, em que se reduz o tamanho do produto, incrementando a sua eficiência e facilitando o seu transporte, como o emprego de nanorobôs no controle da poluição de rios e mares. Assim, o educador complementa o papel de professor, conforme o senso comum, assumindo a face de facilitador do aprendizado, como também o exercício de mentoria para oferecer teoria e prática, baseadas em sua experiência. Não é tarefa trivial, pois o esforço advém, muitas vezes, de elucubrações a partir de ideias que existem enquanto potencialidades. A boa ideia só tem sentido tecnológico quando concretizada em produto. Despertar o pensar, portanto, é a chave para abrir as portas da criatividade, de maneira a gerar e a permitir que ideias fluam durante a formação do aluno. Aqui, é válida a lembrança de que o atraso tecnológico de um país não se limita, somente, à carência de tecnologia e de capital. O obstáculo mais importante a ser superado é o ser humano: prepará-lo para o novo, pois o conservadorismo tecnológico aplica-se ao apego sentimental ao passado e à aversão para enfrentar realidades que despontam como intransponíveis. A mudança significativa principia no professor, de modo a estimulá-lo a ponderar sobre o imperativo de adequar-se ao novo, para romper a educação rígida que recebeu. Dessa maneira, é essencial a preparação para a reflexão e para a compreensão do mundo contemporâneo, em que tecnologias são ultrapassadas na velocidade dos dedos nas telas de um celular. Também é essencial adaptar-se, pensar e evoluir, considerando os princípios da Carta da Terra, como: respeitar o Planeta e a vida em toda a sua diversidade; cuidar da vida com compreensão, compaixão e amor; construir sociedades democráticas justas, participativas, sustentáveis e pacíficas; preservar a riqueza generosa e a beleza da Terra para agora e futuras gerações. Precisamos de pessoas com espírito indagador e alertas, seres curiosos que nos encham de sonhos e que se alimentem de perguntas, na busca incansável por respostas. Cabe ao professor orientar que tais ações devam ser responsáveis e compromissadas em toda a magnitude do que é ser responsável e compromissado.

23 de agosto de 2016

Da educação tecnológica

No início deste milênio, cujo nascimento testemunha a miséria de muitos e a riqueza (inclusive tecnológica) de poucas nações, cabe ao profissional de tecnologia criar, acompanhar, adequar tecnologias que vão rapidamente da praticidade ao desuso. Sob esse aspecto, e considerando a volatilidade da economia mundial, países em desenvolvimento correm o risco de ter uma população de profissionais colonizada intelectualmente pelo simples fato de a sua cultura tecnológica, ou parte considerável dela, ser importada. Aqui, torna-se válido o chavão "corre-se o risco de importar erros". Além do atraso tecnológico, surge o perigo do enfraquecimento econômico de tais países devido à aquisição de empresas locais por empresas estrangeiras, provocando a remessa de lucros e dividendos para fora, em vez de ficarem no próprio país. Tal efeito resulta, além da possibilidade da desindustrialização, na falta de recursos para o desenvolvimento interno de novos produtos e processos, além de diminuir o investimento na formação de mão de obra mais especializada e comprometida com a sociedade. Quando se visa a uma Educação que almeja somente os bens tecnológico e econômico, contribui-se para a formação de profissionais com dificuldades para pensar no coletivo e, portanto, em um dos pilares essenciais do Desenvolvimento Sustentável, que é o aspecto social. O advento da industrialização em massa afetou as relações de trabalho, alterando comportamentos mediante o distanciamento entre pessoas e a valorização do conhecimento que aprimora e prioriza a produção, relegando o ser humano a elemento e dejeto da produção. O desenvolvimento científico e tecnológico é uma fonte preciosa e necessária para qualquer nação, porém não existe desenvolvimento sem Educação, pois esta desafia intelectualmente o indivíduo e possibilita a descoberta de habilidades e talentos latentes, incrementando o pensamento e a ação. Mais do que nunca, esses profissionais carecem de uma formação que lhes permita serem hábeis para pensar, analisar, abstrair, propor ideias e pô-las em prática. A Educação, nesse contexto, ocupa um espaço nobre, porque compete a ela formar, continuamente, cidadãs e cidadãos capazes de produzir conhecimentos, aprimorar e desenvolver tecnologias para o desenvolvimento de uma nação e para a prevenção dos danos que a cercam: desde o meio ambiente a todos os ambientes. Não se pode conceber uma Educação meramente tecnocrata; urge incentivar pensadores comprometidos e criativos, motivando-os para que tenham a noção clara e responsável da utilização de seu conhecimento, pois dele depende a vida de muitos. Não se trata de humanizar o técnico ou vice-versa, mas de moldar o espírito das pessoas para a realidade que não se cansa de nos assombrar com rapidez e diversidade, levando-nos para um futuro nada previsível, embora ainda seja possível manter o planeta vivo para as futuras gerações. Para tanto, é crucial ter em conta que a Educação é a base para a Responsabilidade Social e para o Desenvolvimento Sustentável de qualquer país. Sim, me preocupo com a formação de profissionais responsáveis, entretanto cabe a essas pessoas a escolha de seu futuro e as escolhas que farão quando ocuparem cargos de decisão – decisões que afetarão desde o cotidiano de um trabalhador de chão de fábrica, passando pela descontaminação do lençol freático de Macondo, até os bancos na Suíça. Estaremos, por fim, nas mãos da Ética, e o compromisso de exemplo deve e deverá ser de todos.

10 de março de 2015

Direito de saber

O Brasil registra números alarmantes de casos suspeitos de microcefalia, que se refere à má-formação do cérebro de bebês, em que os recém-nascidos apresentam circunferência craniana menor do que a normal. Em decorrência, pode ocasionar deficiência mental e limitações que afetam os sentidos e as atividades motoras. A microcefalia pode resultar de fatores diversos ocorridos durante a gravidez, como o contato e/ou ingestão de substâncias químicas, a exposição à radiação e infecções decorrentes de bactérias e vírus. No início de dezembro deste ano, o governo brasileiro confirmou a relação entre o surto de microcefalia e o Zika vírus, que é transmitido pelo *Aedes aegypti*, mosquito vetor dos vírus das febres chikungunya e da dengue. A partir da confirmação da ligação entre a microcefalia e o Zika vírus, decidiu-se que os casos de microcefalia deveriam ter notificação compulsória no país. Porém, em matéria de Luciana Amaral para o site G1, de 14 de maio de 2015, o então ministro da Saúde, diante de suspeitas de Zika vírus no Nordeste, mencionou que não havia motivo para preocupação. Disse ele: "o Zika vírus não nos preocupa. Trata-se de uma doença benigna que tem uma evolução para cura.

A febre é baixa, o maior incômodo é o prurido, manchas vermelhas. Requer muito pouco acesso dos pacientes aos prontos-socorros e serviços médicos". Após sete meses dessa reportagem, constata-se que o Zika vírus pode provocar muito mais do que uma "dengue *light*", a ponto de lermos, no site Bahia Notícias, de 2 de dezembro de 2015, a declaração do atual ministro da Saúde sobre o aumento de casos de microcefalia: "um drama de dimensões extraordinárias o que está acontecendo. O poder público e a sociedade têm que dar a resposta na mesma altura do drama". Em relação à sociedade, cabe, em um primeiro momento, a prevenção da proliferação do *Aedes aegypti*, principalmente pela eliminação de seus focos transmissores, como aqueles encontrados em vasos de plantas. A sociedade, sem dúvida, deve contribuir, mas e o poder público? Dois ministros da Saúde, em curto período de tempo, apresentaram discursos distintos e opostos. No que se refere ao combate ao *Aedes*, vale lembrar, conforme encontrado no site da Prefeitura de Campinas, em 29 de julho de 2014, da inauguração, nessa cidade, de uma unidade da empresa britânica Oxitec, destinada à produção de mosquitos geneticamente modificados contra o *Aedes aegypti*. A instalação da empresa, de certa maneira, é fruto de sua aproximação, em 2009, com uma universidade brasileira, cujo teste em campo iniciou-se em 2011, em Mandacaru, distrito de Juazeiro (BA). Em março de 2015, a prefeitura de Piracicaba autorizou a soltura desses mosquitos transgênicos e foi criticada pelo Conselho Municipal de Defesa do Meio Ambiente (Comdema), visto que, de igual modo ao que ocorreu em Juazeiro, a população ficou de fora da discussão sobre os possíveis riscos envolvidos nessa liberação. Afinal, qual o resultado? O Comdema, ao questionar a soltura, clama pelo Direito de Saber, que fortalece as instituições democráticas, além de prover visibilidade, responsabilização, inclusão na tomada de decisões, acesso à justiça e preservação de uma vida digna. A incompetência e o descaso são apartidários. Enquanto poucos lutam para manter-se no poder ou para galgá-lo, uma geração padecerá. É triste, dolorido, antever as limitações dessa geração, pois recairão sobre ela a discriminação e o *bullying* por apresentar possível raciocínio lento ou um rosto diferente daquele considerado "normal". A história se incumbirá de revelar as faces desse outro drama em nosso país.

15 de dezembro de 2015

Ética necessária

A corrosão do valor

Não se pode discutir Desenvolvimento Sustentável ou pensar em avanços políticos, sociais e tecnológicos deixando de lado a mínima reflexão sobre a natureza humana. O mundo de hoje, tomando emprestado o olhar de Hume, é, com sutis diferenças, o mundo de ontem, e no qual se percebe que os valores morais continuam sendo desrespeitados. A educação tecnológica, por exemplo, não pode estar concentrada apenas na sustentabilidade técnica, em que se foca o desenvolvimento (tecnológico) para atender às necessidades do presente sem comprometer as necessidades das gerações futuras. O futuro, evidentemente, depende da formação do que se oferece para hoje, uma vez que os aprendizes devem estar preparados para serem os tutores de amanhã. O ambiente de trabalho do futuro será diferente do atual, mas o compromisso ético tem de ser aprimorado, exatamente para evitar os erros do passado. A história se repete porque não há preservação e nem respeito à memória. No mundo de hoje corre-se o risco do desemprego por ser experiente e ter caráter? Será essa a herança a ser oferecida? A importância dos valores a uma pessoa é fundamental para o seu exercício ético.

Além disso, os valores são necessários para a compreensão do comportamento organizacional e social, na medida em que estabelecem a fundação para o entendimento de atitudes e motivações. Neste sentido, como apontado por Hirigoyen, é necessário aprender a respeitar o outro e considerar a sua cultura, diferenças e eventuais fragilidades. Aqueles que não seguem a cartilha da corrupção e das delícias do poder são violentados em seus valores terminais e instrumentais: os primeiros dizem respeito à razão de viver, os objetivos que a pessoa gostaria de atingir durante a sua existência, enquanto os últimos se referem aos modos de comportamento ou aos meios para atingir os valores terminais. Em uma visão bergsoniana, os valores terminais estão associados ao objetivo da existência, enquanto os valores instrumentais estão atrelados ao modo diário de conduta. A falta da preservação desses valores, como responsabilidade e respeito, destrói qualquer sociedade. A permissão para que surjam falhas morais pode estar no ambiente de trabalho e, quiçá, no seio familiar. Vemos a *preguiça* como a capacidade de não querer provocar mudanças pró-ativas. *Gula* em querer tudo para si. *Avareza* caracterizada pela centralização das informações, decisões, desqualificando a habilidade do outro. A *ira* aflora quando há sucesso do outro, provocando frustração e sede de vingança. A *luxúria* baseada na bajulação para alcançar benefícios ou para esconder a falta de habilidades, principalmente técnicas. *Inveja* por não reconhecer o sucesso do outro, por querer o sucesso, a qualidade, a virtude do outro, ou por querer ser o outro. Tais pecados capitais levam a pessoa, principalmente aquela que detém o poder, a agir contra as pessoas éticas, na intenção de controlar a situação para manter-se no poder. Paga-se qualquer preço, e a ética é vista como um comportamento inerente aos tolos e ingênuos. Por outro lado, vê-se o proselitismo hipócrita quando se condena "moralmente" uma proposta artística, feito a *performance* "Macaquinhos", ou fundamentalismos que impedem o avanço do conhecimento, tornando a pessoa cega a crimes socioambientais e à corrupção. São esses os tipos de pecados que corroem a sociedade.

1 de dezembro de 2015

A inveja enquanto combustível ao assédio moral

No universo de relações que nos cerca, é possível que ocorra uma situação na qual alguém ofusque, devido à sua personalidade criativa e inteligência, outra pessoa que, por sua vez, passa a nutrir um sentimento oculto de comparação, conduzindo-a inevitavelmente à inveja. A inveja, como se encontra nas obras de Tomás de Aquino e de Aristóteles, instala-se na proximidade e a quem seria de desejo igualar-se ou suplantar. Schopenhauer avalia que o tipo mais desagradável de inveja é aquela dirigida contra as qualidades pessoais que, além de intransferíveis, são motivos de reconhecimento. Francis Bacon observa que o soco da inveja é tão mais forte quanto maior o brilho da glória do invejado. Quem não é tomado pela virtude está impossibilitado de reconhecê-la no outro, e é impulsionado a deliciar-se com a derrota alheia. A inveja degrada a ética, torna-se a força motriz ideal para o *bullying* e, de modo geral, para o assédio moral que, por seu turno, provoca a anulação daquele que o sofre. A vítima de assédio moral é, na maioria das vezes, marginalizada, principalmente no convívio de trabalho, pois não é corruptível e nem compactua com as ações antiéticas de seus pares. Por quê?

Tal pessoa, por sua posição de destaque ou por não participar de determinado grupo que, usualmente, se mantém no poder por meio da troca de favores, suscita o incômodo da crítica e da justiça. Esse grupo esforça-se por ignorar normas de conduta a favor da crença no tal jeitinho, ou lança mão de tais normas, elevando-as acima da lei, utilizando-as como escudo institucional para preservar intenções pessoais. Existe, por parte de quem assedia, a falta de limite por acreditar que um cargo lhe trará poder e, assim, lhe possibilitará fazer tudo o que lhe vier à mente, numa confusão entre o público e o privado. Ao assediado cabe a pecha de chato, de inconveniente, e seu destino é o isolamento e a invisibilidade. A prática do assédio moral apresenta-se com diversas máscaras, características e ações condenáveis. É possível percebê-la na atribuição de tarefas com prazos impossíveis, na transferência de uma área de responsabilidade para funções triviais, no confisco de ideias, na sonegação insistente de informações e de tarefas, na difusão de rumores de ordem profissional ou pessoal, na criação de condições humilhante de trabalho. Aquele que perpetra o assédio inferioriza, amedronta, menospreza, ironiza, difama, ridiculariza. O assédio moral é um processo assinalado pela repetição e por um conjunto de fatores, como aqueles apontados anteriormente, resultando no atentado contra princípios nobres do ser humano: dignidade, honra, honestidade. Também afeta a saúde das vítimas, que apresentam, dentre vários sintomas, crises de choro, dores generalizadas, sentimento de inutilidade, insônia ou sonolência excessiva, depressão, diminuição da libido, distúrbios digestivos, falta de apetite, culminando com a ideia de suicídio. O preço da manutenção do poder, da visibilidade, do amor-próprio por parte dos invejosos é pago por um conflito de valores. A pessoa honesta, capaz, responsável, ou seja, ética em sua plenitude, e que não concorde com práticas condenáveis está fadada a ser discriminada, ferida em sua autoestima e violentada em seus princípios. Isso nos conduz à reflexão sobre o que certas organizações querem e o que, de fato, fazem. Querem pessoas multidisciplinares, empreendedoras, flexíveis, destemidas, mas são opacas em relação a práticas perversas. Há de se observar que, embora apregoem o compromisso com as habilidades e as competências de seus colaboradores, ficam cegas ao corporativismo. Impera a hipocrisia e ignora-se por completo a preservação do bem estar, do respeito, em qualquer nível de responsabilidade. A inveja é um fogo gélido que arde nas entranhas de quem a nutre. Criada para queimar o outro, mal sabe que é o combustível ideal para a automutilação.

14 de julho de 2015

Da necessidade de ser

Nesta última sexta-feira, 25 de setembro, tive a oportunidade de proferir uma palestra na Universidade Estadual de Maringá. Antes de me deter no tema, saí à busca sobre as motivações que conduzem o indivíduo a não trilhar o caminho da ética e comecei por procurar entender as suas necessidades. Na década de 1940, o psicólogo Abraham Maslow propôs que o ser humano apresenta necessidades, as quais devem ser atendidas para que a pessoa se realize plenamente. O estudo de Maslow pode ser representado na clássica pirâmide de hierarquia das necessidades humanas. A necessidade fisiológica, feito aquela para superar a fome, configura-se como a base da pirâmide. No degrau acima, está a necessidade de segurança, em que o indivíduo carece de proteção e moradia. Acima desse degrau, reside a necessidade social que, resumidamente, está associada à necessidade de a pessoa ser aceita, valorizada pelo meio em que está inserida. Logo a seguir, está a necessidade de (auto) estima: a pessoa necessita reconhecer-se importante, estar bem consigo mesma. No topo da pirâmide, por fim, encontra-se a realização, que está associada à necessidade de o indivíduo concretizar o seu potencial, utilizando-se de suas habilidades, assim como a renovação delas. A hierarquia de Maslow permite a reflexão sobre o mundo contemporâneo, remetendo-nos ao mundo do trabalho. Tal mundo fornece recursos para que a pessoa se alimente e pague o aluguel de sua casa. É nesse universo que a pessoa se socializa, e o resultado de seu trabalho tem significado para o outro – daí provém o reconhecimento. No mundo do trabalho, o indivíduo acaba por encontrar-se e, finalmente, realizar-se. Em contrapartida, é nesse mundo que aflora a competição e que a pressão exercida sobre a pessoa é claramente identificada, pois pode haver o conflito entre as normas, regras, procedimentos da empresa com valores individuais. O sociólogo Norbert Elias diz-nos que a liberdade de escolha do indivíduo, uma vez inserido em determinada sociedade, depende de condições que podem restringir a sua liberdade pessoal. Uma leitura possível de Elias leva-nos ao conflito ético, qual seja: até que ponto o indivíduo deve abrir mão de seus valores em prol de um código moral externo? Qual o preço para ser aceito, dentro da visão da necessidade social de Maslow? E, ao ser aceito, surge a questão da autoestima. A estima, se supervalorizada, acaba por se assemelhar ao narcisismo rasteiro, para o qual o mundo gira em torno do indivíduo e foi criado apenas para satisfazê-lo. Qual o resultado da realização pessoal? A arrogância? A busca desenfreada por ser aceito socialmente, melhorar a autoestima e realizar-se acaba sendo a força motriz que motiva uma espécie de vaidade perniciosa e a soberba lesiva. Tais distorções estendem-se para além do mundo do trabalho e descobrem veredas no cotidiano, atravessando distintos níveis de ações e comportamentos, que vão desde a morte por injeções de silicone, para esculpir um corpo ideal, até a má conduta científica. Enquanto a primeira agressão está no perímetro material, a segunda invade o campo das ideias. No mundo de aparências, que Vinícius me desculpe, mas ser ético é fundamental.

29 de setembro de 2015

O plágio e a cola

Terça-feira passada, 20 de setembro, tive a satisfação de proferir a palestra "Ética na academia: a questão do plágio", na XLII Semana Acadêmica de Engenharia Química, na Universidade Federal do Paraná, em Curitiba. Abordei as necessidades humanas segundo a ótica de Abraham Maslow, em particular aquelas vinculadas à aceitação social e às necessidades de estima e de realização, contextualizadas, por sua vez, no mundo do trabalho, associado, por exemplo, ao ambiente universitário. No universo acadêmico não é difícil perceber que vagas e oportunidades são limitadas, havendo, portanto, competição entre colegas; existe a pressão do sistema, feito aquela em que a pessoa se submete a avaliações de desempenho, sem contar com a supervalorização da estima e a necessidade quase doentia de realização. Tais ingredientes resultam em uma mistura explosiva, acarretando a má prática acadêmica, resumida na fabricação e falsificação de informações e no plágio – este entendido como apropriação indevida da criação alheia. Existem diversas categorias de plágio, dentre as quais: plágio direto, em que há a cópia completa de certo trabalho, sem mencionar a autoria; plágio parcial, em que se copiam trechos sem referenciá-los; plágio consentido ou conluio, quando o trabalho é feito por terceiros; e a falsa autoria, na qual há a inclusão de alguém que não contribuiu com o trabalho. O plágio na academia é mais comum do que se imagina, e as consequências são sérias. A Universidade Federal do Rio Grande do Sul anulou, em 2006, o título de mestre de certa pessoa, após identificar passagens, na sua dissertação, copiadas de outros autores sem a necessária atribuição de autoria. Em 2012, o presidente da Hungria renunciou após ter seu doutorado cassado, uma vez que foi acusado de plágio. A ministra da Educação da Alemanha, em 2013, renunciou ao cargo após ter perdido o título de doutora devido à acusação de plágio. E você, já plagiou? Não? Refaço a pergunta: colou ou passou cola em prova? A cola se encaixa em vários tipos de plágio: direto; parcial ("poxa professor, foi um trechinho!"), conluio ("foi ele que colou, eu só passei!"). Mas a cola não é a única má prática acadêmica. Existem os relatórios acadêmicos, que carecem de pesquisa bibliográfica, em que se percebe o puro *control-C control-V* do Google; isso sem contar a inclusão de colega no trabalho sem que este o tenha feito ou assinar a lista de presença em nome de outro. O que leva ao plágio ou a qualquer má prática acadêmica? Existem diversas razões. Dentre elas, gostaria de destacar: tempo, competência, falta de valores e ignorância. Tempo por não o planejar/gerenciar; competência por desconhecer o assunto técnico; valores por considerar que tal má prática faz parte do jogo; ignorância por não saber o que é má prática acadêmica. A questão da má prática acadêmica, incluindo o plágio, reside essencialmente na esfera moral, cuja experiência rotineira agride a ética no seu aspecto positivo. Na palestra a que me referi, um colega disse-me. — Se pego colando, tomo a prova e dou zero. E você? Cofiei a barba e respondi. — O aluno ao preparar a cola, espera que — caso pego — quem o punirá será o outro (o professor). Se tirar zero, terá a chance de recuperar a nota ou refazer a disciplina em nova oportunidade. Entretanto, se esse aluno reconhecer a cola enquanto plágio, e se essa prática for constante, ele comprometerá o seu futuro, que poderá não oferecer novas oportunidades. Ao despertar o aluno para a reflexão, ele, por certo, reavaliará quem, de fato, o punirá: ele próprio.

27 de setembro de 2016

Penso, logo acho

As musas inspiram quem transpira e, sobretudo, quem pensa. Portas são abertas ao se despertar o pensar, pois a partir desse aprendizado nasce o novo. E não só. O atraso de uma nação não se deve, apenas, à carência de tecnologia e de capital. Os obstáculos a serem vencidos são os grilhões da ignorância. Existe um modo de romper tal cárcere: a Educação. Não se pode perder o ponteiro e o norte na bússola da Educação, que é a formação no seu sentido mais elementar: formar significa dar forma duradoura, de tal monta a preparar um ser capaz de compreender, de adaptar-se e de realizar. É neste contexto que os convido à reflexão sobre o "eu acho que" e o "eu penso que". É comum ler, ouvir e ver mandatários, senadores, deputados empregarem o "eu acho que" de maneira indiscriminada: "eu acho que o passo decisivo foi dado, que é a vontade política de parte a parte de virar a página"; "eu acho que o simples fato de discutirmos esse assunto apequena a questão do ponto de vista do Congresso Nacional"; "eu acho que tem todo direito e legitimidade de ser candidato". Mas não só. Encontra-se o "eu acho que" em situações de análise e por pessoas que se pressupõe que entendam do assunto sobre o qual foram convocadas a opinar: "eu assisti, achei uma historinha bacana, achei um bom filme"; "eu acho que o papel do professor é mostrar". E, por parte de escritores: "eu acho que se não tivesse lido Érico Veríssimo na minha adolescência, não escreveria o que tenho escrito"; "eu acho que o escritor verdadeiro é aquele que escreve sobre o que ele viveu"; "eu acho que ele escreveu com muito mais liberdade do que eu, preso aos dicionários". Dicionários? Tudo bem. Ao procurar o verbete "achar", lê-se: "encontrar por ter procurado por ou por acaso; deparar com; passar a conhecer; passar a saber; inventar; ter impressão ou opinião subjetiva; verificar; entender; julgar; supor". Evidencia-se, nas situações aqui apresentadas sobre o "eu acho que", a manifestação de opinião ou de entendimento, o qual decorre do conhecimento, do domínio e da reflexão sobre o assunto em pauta. A questão que surge é: qual é o grau de aprofundamento? Nas situações oferecidas, "eu acho que" traduz a percepção de superficialidade, ainda que a intenção possa trazer a tradição do emprego, indistinto (e até dicionarizado) e aceito no dia a dia, do termo "acho que" quando se quer dizer "penso que". Ao se buscar novamente o dicionário, encontra-se no verbete "pensar": "submeter algo ao processo de raciocínio lógico; ter atividade psíquica consciente e organizada; exercer a capacidade de julgamento, dedução ou concepção; refletir sobre; ponderar; cogitar". Epa! Cogitar. Ah, logo nos vem Descartes: "*Cogito, ergo sum*". O filósofo e matemático francês condiciona a pessoa ao pensamento, de tal modo que as ideias se relacionem entre si, para que todas as experiências convirjam para a autocrítica, estabelecendo a supremacia do "eu penso que" sobre o "eu acho que". "Eu acho que", no limite, implica a expectativa criada quando se parte para a procura, e, ao encontrar, coleta-se. Esse raciocínio remete-me aos povos caçadores-coletores, que se deslocavam na busca da sobrevivência, até o surgimento da Revolução Agrícola e, com ela, a civilização. "Eu penso que", assim, é uma vitória civilizatória. Aos novos, aos aprendizes, é fundamental que externem as suas opiniões na base do "eu acho que", visto que, a partir disso, inicia-se a construção do "eu penso que", que não tem prazo para terminar; trata-se de um processo para toda a vida, pois ao pensar acha-se não somente o que está na superfície das coisas, mas o que se esconde na profundeza do ser. Contudo, quando leio, ouço e vejo profissionais e pessoas públicas – qualquer que seja a sua atividade – proferirem suas opiniões, sinto-me mais confortável e seguro com o "eu penso que". Caso contrário, vem-me a sombra do *achismo*, vício de linguagem ou elaborado exercício de ficção.

21 de abril de 2015

Viagens

Frankenstein revisitado

Durante a segunda metade do século XVIII ocorreu, principalmente na Inglaterra, uma série de transformações que impactaram o processo produtivo, originando o que se convenciona denominar Revolução Industrial, que culminou na divisão entre a pequena produção e a industrialização. Não se pode encarar tal revolução como algo estanque, inerte, encravado em um período histórico, pois se trata de um movimento vivo de transformação tanto no setor produtivo quanto no científico e social. Saliente-se que a Revolução Industrial influenciou o desenvolvimento da Ciência moderna quando vislumbrou a sua aplicação aos problemas da indústria, e não só. A Revolução Industrial se estendeu à Ciência para torná-la uma nova religião, procurando elevar o ser humano à condição divina. É o caso da Ciência retratada por Mary Shelley na sua obra *Frankenstein ou Prometeu moderno*, publicada em 1818. O livro trata da história de Victor Frankenstein, de seu frenesi para dar vida a uma criatura e do sofrimento desta na busca de sua humanidade. Após duzentos anos, somos visitados por qual Frankenstein? O que nos torna contemporâneos desse Prometeu? Que fogo nos traz?

O conceito de "contemporâneo", definido como aquilo que existe na mesma época ou o que é do tempo atual e ocorre ao mesmo tempo é, de algum modo, regido por um preceito einsteiniano de ser relativo, pois o que poderia acontecer em determinada época e em certo lugar levaria décadas para surgir em outro lugar. É possível entender contemporaneidade como o que é do tempo atual, acontecendo ao mesmo tempo e em espaço distinto. Nesse sentido, o mundo nunca foi tão contemporâneo de si como o é agora. E isso graças à revolução midiática em curso, comparável em impacto com a Revolução Industrial: fatos e eventos substanciais, que ocorrem em qualquer parte do planeta, atingem *on-line* a quase todos nós, refletindo-se na natureza humana. O *www*, por exemplo, nasceu da necessidade de velocidade, de síntese e de objetividade na comunicação entre os pesquisadores do CERN (Conseil Européen pour la Recherche Nucléaire). Tais pesquisadores, tempos depois, engendraram o LHC (Large Hadron Collider), um gigantesco colisor de prótons, construído em um laboratório a 100 metros de profundidade, na fronteira entre a França e a Suíça. O objetivo do LHC, entre outros, era comprovar a existência do bóson de Higgs, vulgarmente conhecido como "a partícula de Deus", a fim de confirmar o modelo padrão de partículas elementares, essencial no estudo da física quântica. O experimento Atlas, do LHC, ajudou a descobrir a existência do bóson de Higgs em 2012. Em julho de 2014, e de acordo com a revista *New Scientist*, os físicos disseram ter "visto" pares de (outras) partículas, denominadas bósons W. É inevitável comparar a ficção de Mary Shelley e as buscas científicas atuais, que pretendem recriar as condições existentes instantes depois do *Big Bang*, de modo quase a tocar as digitais da Criação. Perguntas me tomam em um desvario igual ao de Victor Frankenstein: que criatura emergirá do castelo subterrâneo entre a França e a Suíça? Que Prometeu moderno se apresenta neste início de milênio? Um titã procurando trazer novo fogo, nova luz ao conhecimento da física quântica, com a perspectiva de leituras paradigmáticas para a realidade, inclusive para provocar transformações desde o setor produtivo até aspectos sociais? E depois do Bóson de Higgs, dos bósons W e Z, será necessário descobrir e ver qual partícula? Enquanto penso em tais perguntas, alguém terá uma partícula mágica na ponta língua para nos trazer respostas encantadas. Quanto a mim, insisto naquela que muito me apraz: a tal partícula "se". E se...?

11 de novembro de 2014

Pequeno Príncipe do século XXI

Toda vez que eu, cursando Engenharia Química no começo dos anos 1980, visitava a minha família em Santa Fé (PR), encontrava as minhas irmãs, Margareth e Márcia, pulando com a Turma do Balão Mágico e cantarolando "Lindo balão azul", do Guilherme Arantes: "pegar carona nessa cauda de cometa/ver a Via Láctea, estrada tão bonita". Para as meninas, eu era o irmão meio cientista e vivia no mundo da Lua. Eu? Pois bem, Jean-Jacques Dordain, Philippe Gaudon, Paolo Ferri, Stephan Ulamec e tantos outros da Agência Espacial Europeia (ESA) foram muito além da Lua. Essa outra turma do Balão Mágico não só tomou carona na cauda de um cometa como fez pousar um módulo, do tamanho de uma máquina de lavar roupa, na superfície do 67P/Churyumov-Gerasimenko, em 12 de novembro de 2014. O módulo, batizado de Philae, foi levado à órbita do 67P pela sonda espacial Rosetta. O cometa tem esse nome devido aos astrônomos ucranianos Klim Churyumov e Svetlana Gerasimenko, que o descobriram em setembro de 1969, dois meses após Neil Armstrong pisar na superfície da Lua. Já a sonda Rosetta é assim conhecida devido à rocha vulcânica que possibilitou a tradução de hieróglifos egípcios por Jean-François Champollion, no século XIX: a famosa

Pedra de Roseta. Philae, nome do módulo, é uma homenagem à ilha do rio Nilo onde foi encontrado um obelisco essencial para a compreensão de tais hieróglifos. Rosetta foi lançada em março de 2004, ano da publicação do meu *Santo Reis da Luz Divina* (Record, 2004). O livro continua perdido no espaço; isto não se pode escrever a respeito do Philae, que se fixou na superfície do cometa à distância de um quilômetro do planejado e a pouco mais de 510 milhões de quilômetros da Terra, após zanzar por dez anos e oito meses em uma viagem de cerca de 6,5 bilhões de quilômetros pelo Sistema Solar. A Missão Rosetta foi concebida na década de 1980, enquanto as minhas irmãs saracoteavam pela casa na base do: "tenho uma alma de artista/sou um gênio sonhador e romântico". Por falar em romântico, o contorno do 67P me parece semelhante ao da face do Pluto, da Disney, fazendo bico. Mas o que faz o ser humano despender quase US$ 2 bilhões para enviar uma sonda para longe do olhar e fazê-la orbitar o Sol por cinco vezes, antes de atingir a região de pouso no cometa, a Agilkia? Agilkia? Trata-se de uma referência à ilha para a qual foram transferidos antigos templos egípcios da ilha de Philae, no ensejo de se preservar registros arqueológicos – não só da história do Egito, mas de nossa história. Todos esses nomes, Agilkia, Philae, Rosetta, não são por acaso, e sim para evidenciar a relação da missão ao cometa Chury com a mais longínqua história de nosso lindo balão azul, ou melhor, planeta. Além de um feito inédito na Ciência, cantado por Jean-Jacques Dordain como um grande passo para a civilização, a Missão Rosetta objetiva estudar a composição química desse corpo celeste, que poderá conter respostas, ou pelo menos indicativos, sobre a origem da vida na Terra. Uma das teorias a esse respeito propõe que foram os cometas que nos trouxeram os primeiros ingredientes para a "sopa primordial", que resultou naquilo que somos. Só espero – e aqui assumo o meu lado lunático, atribuído a mim por minhas irmãs – que o Philae, depois de suas baterias cessarem e já mergulhado no âmago mal iluminado do Sistema Solar, transforme-se no Pequeno Príncipe, e que os possíveis aminoácidos presentes no Chury componham proteínas, configurem-se em DNA para, assim, florescer uma rosa. E que conversem, e muito, para nos lembrar de como somos crianças diante de 4,6 bilhões de anos, quando os cometas aqui chegaram e nos bombardearam com a esperança da Vida.

25 de novembro de 2014

Surfando nas ondas de Einstein

Fiquei maravilhado, em novembro de 2014, com a notícia de um módulo, do tamanho de uma máquina de lavar roupa, que pousou na superfície de um cometa, situado a mais de 500 milhões de quilômetros da Terra. Nesta última sexta-feira, 12 de fevereiro, leio que o robô Philae, a tal máquina de lavar roupa, entrou em estado de hibernação e ficará por conta das idas e vindas do 67P/Churyumov-Gerasimenko, o cometa. Philae conseguiu realizar cerca de 80% das metas científicas para as quais foi destinado, dentre elas a constatação de moléculas orgânicas em cometas que, eventualmente, podem estar associadas ao aparecimento da vida por aqui. Enquanto a comunicação, através de ondas eletromagnéticas, estabelecida com a Terra cessa, Philae prepara-se para uma soneca sem tempo para despertar, e o 67P segue em viagem pelo Sistema Solar, distorcendo o espaço-tempo por meio de ondas gravitacionais. Se, no final de 2014, a história da Ciência foi carimbada por um módulo espacial que pousou em um cometa com a cara do Pluto, da Disney, no início de 2016, mais precisamente no dia 11 de fevereiro, abre-se um capítulo inédito nessa história: o anúncio de que um consórcio de mais de mil cientistas, oriundos de quinze países, inclusive do Brasil, detectou sinais de ondas gravitacionais. Para que possamos perceber um pouquinho da dimensão desse anúncio, cabe lembrar o que são ondas. Na Física, referem-se a pulsos de energia que se propagam no espaço, sendo ele material ou não. As ondas mecânicas precisam de um meio material para se propagar, como as que surgem em um lago quando lançamos nele uma pedra. As ondas eletromagnéticas não necessariamente necessitam de meio material e podem se propagar no vácuo, como o calor vindo do Sol. Em frente à tevê, você a ouve devido às ondas mecânicas, e vê as imagens graças às eletromagnéticas. Estas, por sua vez, apresentam espectro eletromagnético, que diz respeito aos intervalos das possíveis frequências da radiação eletromagnética, como rádio, micro-ondas, infravermelho, luz visível, luz ultravioleta, raios X e gama. As ondas gravitacionais não se enquadram em mais um intervalo de frequência de ondas eletromagnéticas, e sim em um espectro totalmente novo, de outra natureza. Assim como o conhecimento das ondas eletromagnéticas possibilitou as tecnologias da televisão, da internet, celulares, aparelhos de ultrassom e telescópios potentes, as ondas gravitacionais abrem as portas para a percepção do Universo do improvável, despertando nossos sentidos para o desconhecido e para tecnologias que fazem fronteira com a ficção científica. Trata-se de um marco histórico o anúncio de que, em 14 de setembro de 2015, foram detectadas ondas gravitacionais oriundas da colisão de buracos negros ocorrida há 1,3 bilhão de anos. Essa detecção ocorreu por meio dos interferômetros do Ligo (Laser Interferometer Gravitational-Wave Observatory), primeiro no observatório de Louisiana e, após 7,3 milissegundos, no observatório de Washington, ambos nos Estados Unidos. A previsão teórica da existência de tais ondas remonta há cem anos como parte da teoria geral da relatividade, de Albert Einstein. De acordo com essa teoria, corpos em movimento produzem perturbações no espaço; quanto maiores e mais massivos esses corpos, mais intensas são as perturbações que transmitem energia, atingindo valores inimagináveis que deformam o tecido espaço-tempo, qual a marca afundada de nossos corpos num sofá macio quando lá não mais estamos sentados, deixando, como registro, a nossa existência.

16 de fevereiro de 2016

Caos criativo

A palavra "caos" conduz, inevitavelmente, à ideia de confusão, balbúrdia, algazarra, pandemônio, tumulto, subversão. A um estado mental ou de distribuição de objetos, móveis, papéis, pessoas que remete à falta desenfreada de ordenamento. Desorganização. "Isto é o caos" ou "isto está um caos" são expressões recorrentes para dizer que tudo está perdido. Nada é possível. Nada. Nada? Ecoa-nos Hesíodo: "no início era o Caos". Essa coisa amorfa, informe, que antecede a Criação. Reverbera-nos Ovídio: "antes do mar, da terra, do céu que a tudo cobre, a Natureza tinha um só rosto, o qual se nomeou Caos, massa rude e indigesta". Nessa sopa atemporal, sem consistência nem sabor, Eros e Anteros digladiam-se. Eros agrega e atrai. Anteros desagrega e dispersa. Onde estão tais forças senão em potência, inerente ao que dá forma e energia a tudo antes da própria existência? O que é Eros se não a força de atração? O que é Anteros se não a força de repulsão? Não existem amor e ódio no Caos, mas sim a essência da Natureza. O ser humano espelha tal Natureza. Esse Caos, turbilhão que alvoraça a noite e o dia por nascerem. Que gesta montanhas, tormentas, vulcões. Esse Caos que incautos associam à

Desordem, pondo-o em contraposição ao Cosmo, sem perceberem que se trata das faces da mesma moeda. Essa necessidade de domar o Caos, ordená-lo em mitos e manias, justifica-se apenas para dizer: "sim, estamos no controle do Universo e por isso detectamos a partícula de Deus"? Tomem o volume de muares conduzidos pelas estações de Rio Negro, Itapetininga e Sorocaba, no período de 1830 a 1870; o acompanhamento anual do pedido de varejistas para distribuidores de combustível; as cotações diárias na Bolsa de Valores; a estrutura populacional do siri-baú; a concentração de poluentes na atmosfera e os estudos de Castilho na identificação de regimes de fluidização. O que tem tudo isso em comum? Encontrarão flutuações temporais, incompreensíveis para olhos despreparados, cuja média mascara sobremaneira a natureza do fenômeno analisado. Tais flutuações proporcionam a construção do espaço de fase: uma imagem, um atrator qual novelo de lã, rabisco de criança, teias de aranha com fios que nunca se tocam. Dessa massa rude e indigesta extraem-se informações determinísticas por meio de invariantes. Ou seja: encontram-se maneiras de ordenar o Caos. Esse Caos, em que tudo está por existir, guarda em si a realidade e a imaginação, tal qual Eros e Anteros. Johann Sebastian Bach suporia que a sua música pudesse apresentar alguma semelhança com aquela sintetizada a partir modelos de tipo fractal? Vincent van Gogh, quando criou *A noite estrelada*, teve acesso ao Google para inspirar-se na fotografia de um ciclone tropical, em plena turbulência, tirada por um satélite? Bach e van Gogh sabiam das técnicas de neurociência para explicar e compreender experiências estéticas? A realidade diz "não", porém a imaginação diz "por que não?". Podemos usar a arte para sobreviver à realidade, mas a realidade pode, também, dar sobrevida à arte. A realidade é impulsionada pela imaginação, assim como esta pode advir da realidade mais crua. Uma não inaugura a outra e vice-versa, pois são manifestações da mesma substância: do Caos criativo que possibilita a imaginação e a realidade. Que caminho seguir? "Depende de aonde quer chegar", nos diria o gato de Alice. Se não estiver nem aí para qual lugar, então pouco importa o caminho. Permita-me, sr. Lewis Carroll, acrescentar: siga as garatujas do Caos.

30 de setembro de 2014

Da aleatoriedade do pensamento

A eternidade é o tempo sem fim ou a ausência total do que vem a ser o tempo? É daqui a pouco ou jamais? Imagino que algumas culturas estavam certas ao pôr o mundo sobre uma tartaruga. Nada mais natural, portanto, do que tirarmos o relógio e tomarmos carona nesse quelônio. Nem me falem dos caprichos do sr. Tempo. Vai saber o que ele aprontará amanhã. O tempo feito gula de Cronos. Essa necessidade de sorver a todos. Mal sabe Cronos que fomos nós, pobres mortais, que o criamos, a ponto de o Santos Dumont inventar o relógio de pulso para bem mais perto chegar dos deuses. Santa ironia. Cabe a nós não nos entregarmos ao tempo, pois somos súditos da liberdade; nós a experimentamos da mesma maneira que temos o vento. Sentir o vento compartilhando-o. Ter o vento enquanto companheiro e não como vazio. Preencher-se de vento é ampliar o senso comum; é expandir-se. Servir de sela ao vento e não o trancafiar em freios. Não há razão para domá-lo, contudo ter a sua cumplicidade na jornada através do mar de nossa vida. O mar, ah!, berço de todas as lágrimas. Uma simples lágrima guarda a imensidão dos oceanos. Existem dias em que me pego de calças curtas em algum pensamento e me vejo nesse mar que não consta na Geografia. Esse mar que nos permeia e que, por diversas vezes, ignora-nos, e outras, festeja-nos. Esse mar que vibra e cala, pois somos a sua matéria bruta. É dessa matéria que construímos barcos para a existência e, deles, lançamos olhares para o horizonte da Esperança. Alguém inventará régua para o que sentimos? Ou um copo capaz de medir emoções? Os meus cílios são tão ralos. Quem me dera acolher as lágrimas do mar como também as do Sol. O Sol, o Sol. Como esquecê-lo? Como aquecê-lo? O Sol oculta segredos? Os pirilampos têm a resposta e nos sinalizam: um tanto de corpo, outro tanto de alma. Somos tempestade, como também calmaria. Às vezes, acordamos líricos, outras, nem tanto, ou simplesmente nem acordamos; passamos o dia de olhos abertos sem que nada nos desperte. Quanto à beleza? Quiçá apareça nos dias em que, de olhos fechados, estaremos atentos e descobriremos que a maneira mais bela para enlaçar esse presente precioso, que é a vida, é utilizar laços perfumados de ráfia. Vida intensa, tão preciosa. Uns cultivam flores; outros, palavras. Independentemente de paixões, a vida deve ser respeitada e celebrada em toda a sua plenitude. Vejam, seres invisíveis transitam por nós, convivem conosco e não ganham sequer um sorriso de nossa parte. Essa obscuridade que invade olhares imaturos, egoístas, hipócritas. Somos igualmente obscuros. Reparem: esquecemo-nos de pedir à pessoa mais próxima para que fique ao nosso lado, continue ao nosso lado. Ainda que cada uma tenha asas e ganhe voo, o céu é o mesmo. Temos um segundo ou a vida toda para voar. A rapidez do dia a dia não deve ser motivo para perdermos a sensibilidade. Temos o dia pela frente a ser lapidado; pedra a ser polida. Ser pedra é não ser? A pedra, por si só, guarda inúmeras faces. Ter no olhar um formão para esculpi-la sem qualquer tipo de culpa ou desculpa. A pedra, em seu estado primeiro, provoca-nos possibilidades de constelações. Talvez exista alguma sabedoria contida na pedra, pois com imobilidade quase absoluta é capaz de guardar frêmitos. Em dias assim, em que deixo solto, livre, o pensamento, reflito a respeito do infinito tão perto e que o Universo possa ter o tamanho de nosso desejo. Este estado de maravilha é algo nosso, deixa-nos prontos para assumirmos o que somos, principalmente as nossas limitações; então os anos serão dádivas e a eternidade será regida por nossas experiências, e não pelo tempo contado no relógio. Ok, vamos pôr essas palavras soltas em pratos limpos. Que a alma seja leve e flutue por aí, porque o corpo não despreza caneta e folhas em branco.

3 de março de 2015

Leituras de lá

O tesouro da Croácia

Entre os lugares abençoados por Ahura Mazdah, ser supremo no Zoroastrismo, existe um tão belo quanto a deidade Harahvaiti (ou Hrvatska). Esse lugar é conhecido como a República Hrvatska, que os latinos denominaram Croácia. Aos pés do sepulcro de Dario I, soberano de toda Pérsia, há efígies humanas que representam os 23 povos de seu império. Na fila superior, debaixo da décima figura, está escrito em caracteres cuneiformes: "este é Harauva", isto é, "este é o croata". Se a história da Croácia atravessa milênios, ela esconde, aos olhos brasileiros, o brilho mais intenso de seus tesouros: a poesia. Entretanto, nesses dias em que nos encurralamos no medo do horror, fica difícil fechar os olhos a este poema: "Se a vida é um rio a correr,/o amor é o ouro no sedimento/que o rio revolve em seu leito./E o ouro floresce. Quanto mais longe/é carreado, mais dourado fica./Já percorri três planícies./Longe, depois da nascente de meu sussurro/e da desembocadura que não sei onde está escondida./E quando o procuro até o fundo,/ele, puro, brilha no cascalho./E o meu ouro é mais precioso/que o mais precioso brilho do verão" ("Ouro", de Vesna Parun). Os croatas orgulham-se de sua terra e a cantam para sublimar suas dores. Mas é triste lembrar da pátria na existência coberta por guerras. Que flores são colhidas no jardim de Ares? "Quisera-me dizer uma palavra alegre,/Como: primavera, viagem, mar quente, cheiro, paz (interna)./Como: noite suave, pradaria, flor, abelha, trabalho./Como: perspectiva, panorama, solução, verdade, sorriso./Como: ser humano, amizade, sinceridade, honestidade, navegação, felicidade./Como: melodia, valores, medida, fruto, gênero, construção./Mas as palavras: mentira, guerra, fome, medo, fundo, mal, parede./Mas as palavras: pranto, vergonha, queda, ruptura, fim, círculo,/Não me deixam... não pensam, não desejam./Impedem-me./São poderosas./Ademais, resistirei/(simplesmente forte)" ("Confrontações", de Milivoj Slavicek). Sabemos tanto da poesia croata quanto eles da nossa. Conhecemos a sua história recente, marcada pela guerra entre irmãos, cuja herança continua sangrando: "A ferida embaixo do coração de Cristo tem a forma da Croácia./Aqui entrou a lança do centurião insensível./Bem no fundo escorre sangue, feito o mar,/Secando as redes de seus pescadores./O pão que se oferece ao espelho é o mesmo/Que alimenta a erva./Uns comem o metal e regozijam-se neste momento./O verão persiste, testemunhando a glória./A ferida embaixo do coração de Cristo fala e arde./As pessoas entristecidas reúnem-se em volta do corpo crucificado./Aqui estão as Suas vestes divididas por romanos/Sem saber que a claridade é imaculadamente branca./Aqui estão os Seus passos no fogo ressuscitado/Da alvorada escondida nos brilhos das velas,/Nos olhos renovados do verdadeiro ato./E os olhos purificados com lágrimas de estrelas veem:/A ferida embaixo do coração de Cristo tem a forma da Croácia,/Desenhada no mapa celestial./Exalando, cada vez mais, uma fragrância/ Vinda da rosa ferida,/Mostrando que podemos ver o Seu dorso dolorido como as flores,/E antes que o tempo liberte a alma do corpo" ("A rosa ferida", de Maja Gjerek-Lovrekovic). A Croácia merece ser conhecida, caros leitores.

A sensação de distância entre a nossa gente dilui-se à medida que nos revelamos em emoções genuinamente verdadeiras, cuja tradução é revelada pela alma croata em forma de poesia, esse tesouro de Ahura.

21 de junho de 2016

Para além dos Andes

Em visita a Santiago, no Chile, conheci a Biblioteca Nacional. Por algum motivo, estavam expostos livros da coleção Tierra Firme, entre os quais *Porque escrebí*. Confesso que li *Confeso que he vivido*. Mas não. Não era Neruda, e sim Enrique Lihn. Abri a coletânea de poemas e vi: "Olho-me no espelho e não vejo o meu rosto./Desapareci: o espelho é o meu rosto.../sou a minha própria ausência frente a um espelho roto". Fui para o fim do livro, como quem finaliza afoitamente a leitura de um romance, para encontrar: "Aos cinquenta e dois anos o espelho é o outro./Não há Narciso que valha nem a paixão de olhar-se/no outro a si próprio". O período entre os dois poemas é de 26 anos, sendo que o primeiro foi escrito, por Lihn, aos 26 anos de idade. Lançando o olhar aos textos, vejo que a janela que os separa é uma lágrima. Ir além dessa janela e de si seria a sina de Enrique: ir para além dos Andes. Perguntei-me e continuo me perguntando: por que os poetas se revisitam constantemente? Seria Lihn a ponta do fio de Ariadne? E o leitor? Morreria na boca do minotauro? Enrique Andrés Lihn Carrasco nasceu em 3 de setembro de 1929, em

Santiago, Chile. Sobrinho dos pintores Gustavo Carrasco e Jorge Deláno, Lihn ingressou, em 1942, na Escola de Belas-Artes, na capital chilena. Anos após, encontra Nicanor Parra. Quem sabe pela presença desse poeta, Enrique troca o desenho pelo poema. Apesar de a estreia de Lihn, na poesia, ocorrer em 1949 com o livro *Nada se escurre*, marcadamente subjetivo, os poemas que registram a sua presença definitiva na literatura chilena foram produzidos entre 1956 e 1962, e reunidos em *La pieza escura* (1963). Peça fundamental na obra do escritor, esse livro estabelece certa simbiose entre memória e linguagem, retomando a Idade de Ouro, em que se busca o conforto da infância. O protagonista de *La pieza escura* percebe a impossibilidade de reconstruir, em si, a infância, e disso surge o embate entre o tempo literário e aquele enunciado. A convergência entre esses tempos aparece por meio da transmutação da experiência em linguagem poética, resgatando a memória, como nestes versos do poema que nomeou o livro: "O que será das crianças que fomos? Alguém se precipitou a/acender a luz, mais rápido do que o pensamento das/pessoas maiores". Se *La pieza escura* é útil para esquadrinhar a compreensão da obra de Lihn, a coletânea *Poesia de passo* (1966), vencedora do Prêmio Casa de las Américas, insere-se na gênese cultural do poeta. Lihn se estabelece em Cuba entre 1967 e 1969, onde produz *Escrito en Cuba* (1969). Ao se aventurar na dramaticidade dos poemas dessa coletânea, o autor abre-se à possibilidade de trabalhar a palavra em um cenário no qual se movimentam diversos atores de um teatro de fantoches. A preocupação de Lihn com a palavra envereda na discussão da forma poética enquanto proposta dramática. Cerro o cenho e penso. — Entrar no universo de Lihn é refletir sobre a legitimidade de se enquadrar um poeta por parte de sua obra, e não por uma visão global do que ele oferece. Enrique Lihn escreveu com o olhar, dizendo-nos que, em essência, a poesia é a fotografia da alma. Lihn foi um poeta plural em uma época em que não se admitia fluidez. Escreveu vários livros, entre poemas, contos e novelas. Enrique Lihn nos deixou em 10 de julho de 1988, na sua Santiago, onde tudo começou.

26 de abril de 2016

Mario Benedetti: aquele que enxuga peixes

Mario Benedetti, uruguaio de Paso de los Toros, nasceu em 14 de setembro de 1920 e foi recolher estrelas, em Montevidéu, em 17 de maio de 2009. Escritor profícuo, o seu legado abarca diversos gêneros literários, entre eles a poesia. Ao público brasileiro, sua obra poética ficou mais acessível após a publicação de *Antologia poética* (Record, 1988), traduzida por Julio Luís Gelhen. De lá para cá, houve a difusão de sua poesia por traduções esparsas, encontradas em jornais e revistas literárias. Chama a atenção o esforço que a Editorial Sudamericana, de Buenos Aires, fez ao editar a Biblioteca Mario Benedetti, o conjunto da obra desse autor, em formato de livros de bolso. Dentre os volumes, está a coletânea *Rincón de haikus* (1999), um livro de haicais cujo estilo nos remete, entre tantos e importantes autores, a Paulo Leminski (e aqui a homenagem a esse guru paranaense). Benedetti confessava, na introdução de *Rincón de haikus*, que não conhecia nem o Japão nem a língua, tampouco se considerava um *haijin* (bardo japonês especializado em haicai). Preocupou-se em afirmar que não era de seu desejo imitar os *haijins* ou incorporar suas imagens e temas. Queria, sim, a ousadia de experimentar o haicai, lançando mão de sentimentos, inquietudes e paisagens, os quais não diferem demasiadamente do restante de sua obra poética. Ao ler os 224 haicais contidos no livro, sinto que a leitura de um haicai é tanto crua quanto etérea, e da reflexão sobre eles resulta um processo de lapidação de emoções, que são tamanhas em Benedetti. Dentre tantas, torna-se possível perceber temáticas diversas, como a morte, sobre a qual se lê: "a morte invade/de vez em quando o sonho/e faz suas contas". Vislumbra-se o desejo: "olha-me hoje/menina que passa/beija-me a alma". Benedetti publicou o livro quando se aproximava dos 80 anos de idade, sendo possível identificar toda a sua experiência em seus passeios por temas como a velhice, a sabedoria e a memória, que são percebidos nos haicais: "templo vazio/os velhos santos jogam/paciência"; "a borboleta/recordará para sempre/que foi lagarta"; "desde o espelho/meus olhos não me olham/olham ao tempo"; "onda a onda/o mar sabe tudo/porém esquece"; "e aqui termino/sem fazer sombra a nada/nem me descuidar". Diante da melancolia, o poeta não abre mão do humor e da ingenuidade que só os grandes são capazes de revelar, como nestes poemas: "o bebê narciso/pediu aos reis magos/um espelhinho"; "eram os braços/da vênus de milo/que aplaudiam". Mario Benedetti, aos 88 anos, publicou o derradeiro *Testigo de uno mismo* (2008). O que esperar de um poeta a essa altura do campeonato? Aguarda o desavisado o que antes já existira: o deslumbramento do novo na possibilidade de qualquer mesmice, luzindo a potência bela e espantosa de resgatar o vigor do espírito, mesmo que os anos insistam em ceifar plantações de esperança. Restarão resquícios espalhados, aqui e acolá, pela vida. O velho apanhador de emoções, que Benedetti foi e sempre será, recolhe peixes para enxugá-los e devolvê-los aos rios povoados de poemas primorosos, alimentando-nos de luzes austrais.

14 de junho de 2016

O jardim de Cal Lowell

Robert Lowell é tido por muitos como a voz mais poderosa e original da poesia norte-americana da segunda metade do século XX. Sua importância configura-se na revolta necessária para provocar paradigmas. Lowell brotou de uma família tradicional, reverberada no seu nome: "Robert Trail Spencer Lowell IV". A rebelião iniciou-se contra o algarismo, para condensá-lo em Cal, de Calígula, herança da infância rebelde e rótulo que o acompanharia nas garrafas, casamentos e sanatórios. Nascido em Boston, em 1 de março de 1917, Lowell foi além dos pais, bebida e da loucura. As primeiras coletâneas de poemas apareceram em *Land of unlikeness* (1944) e *Lord Weary's castle* (1946). Regidas pelo domínio formal, as obras combinam o horror do poeta com a guerra associado à crítica social. *Lord Weary's castle* foi agraciada com o prêmio Pulitzer. No começo dos anos 1950, Cal Lowell foi acometido de surtos mentais, sendo, em 1954, internado no sanatório de McLean, Massachusetts. Em meio às internações, chegou a ser aconselhado por médicos a escrever poemas, como uma espécie de terapia para espantar demônios. Em 1959, Cal publicou *Life studies*, que se constitui em um dos pilares da poesia confessional norte-americana. Com esse livro, Lowell encontrou-se, bem como antagonizou com a ideia de arte pela arte, defendida por Oscar Wilde, que dizia "a vida imita a arte". Em *Life studies*, a arte não existe sem a vida. Diferentemente de Fernando Pessoa, Lowell não lança mão da heteronímia para se desmascarar. Na falta de máscaras, Cal dilacera-se. Os poemas que compõem *Life studies* são autorretratos, resumidos no visceral "A hora do gambá", que, de certo modo, resgata "Paraíso perdido", de Milton, ao uivar: "Ouço/meu espírito-doente soluçar em cada célula sanguínea,/como se as minhas mãos estivessem na garganta/...//Sou o meu inferno,/e não há ninguém aqui". Alucinado, Cal emenda no primeiro verso da sétima estrofe: "Somente gambás caçam presas fáceis ao luar". Esse verso é a projeção do poeta em um animal malcheiroso, que revira futilidades e lixeiras para sobreviver, com a diferença de que os gambás não se incomodam. Convidado por Elizabeth Bishop, Cal visita o Brasil em 1962 e o registra no poema "Dropping South: Brazil": "Uma loira latina,/dois trapos, amadurecida pelo Sol,/ adormece solitária usando o braço como travesseiro. Sem comparação./Um grupo de meninos/cabeceia uma bola, mantendo-a no ar,/enquanto o povo passa fome no interior, faz greve e morre – / Américas infelizes, ah tristes tropiques!". Observa-se que Cal cita Lévi-Strauss, que se mantém atual. Em 1970, Cal Lowell publica *Notebook*, no qual resgata sombras do passado e do então presente em constante agonia, possibilitando a estruturação de três obras poéticas, publicadas em 1973: *History*, *For Lizzie and Harriet* e *The dolphin*. Esta última lhe valeu o segundo Pulitzer, em 1974. Sobre *The dolphin*, a amiga Elizabeth Bishop comentou: "Os poemas me afetaram de pronto e profundamente". Robert Lowell morreu em Nova York, em 12 de setembro de 1977. Se de bêbado, poeta e louco cada um tem um pouco, Cal foi a essência disso tudo em um lugar proibido para tudo isso e denunciou a hipocrisia de um paraíso calcado nos princípios da virtude do trabalho, mas que mascara a violência e a aspereza para se sustentar enquanto tradição. Robert Lowell revirou as sujeiras do umbigo para ser o fruto e a serpente de seu Jardim.

3 de maio de 2016

Langston Blues Hughes

"A história do negro americano é a história de seu conflito. Ele deseja simplesmente tornar possível para o homem ser negro e americano, sem ser amaldiçoado e escarrado por seus companheiros, sem ter as portas da Oportunidade fechadas duramente em sua face. Trabalho, cultura, liberdade – são essas coisas de que necessitamos, não separadamente, mas juntas, não sucessivamente, mas juntas; cada uma crescendo e auxiliando-se mutuamente." Tais palavras de Du Bois, publicadas pela primeira vez em 1903 no antológico *The souls of black folk*, abalaram a mente daquele guri do Missouri que, quase vinte anos depois, explodiu na moderna história da literatura norte-americana com versos quais os encontrados no poema "Justiça": "Que a Justiça é uma deusa cega/É algo que nós, negros, sabemos./ Sua bandagem esconde duas feridas inflamadas/Que antes, talvez, fossem olhos". *Blues*, banzo, samba-canção. Quais são as cores da música e da poesia? Qual a língua capaz de expressar a dor de quem nunca a experimentou? Ser outro na própria terra. Ver no outro a impureza do incolor (parafraseando, claro, Drummond). Langston Hughes (1902-1967), poeta norte-americano, que neste último domingo – primeiro de fevereiro – faria 102 anos, conseguiu expressar tudo isso. Os seus poemas são, no mínimo, vigorosos. São *blues*. Tentar traduzir *blues* é, mais ou menos, um norte-americano procurar traduzir saudade. Tem certas coisas que não se traduzem; deve-se senti-las. Não algo pontual, porém contextualizado qual corpo lavado em cachoeira, feito o que se encontra em "Poema": "Todos os sons da selva palpitam no meu sangue,/E todas as luas quentes e selvagens da selva brilham na minha/Alma./Tenho medo desta civilização:/Tão rígida,/Tão forte,/Tão fria". Contudo, o mundo resiste, pois a poesia de Langston Hughes existe. Seja qual for a temática, a sua poética nasce e tem razão de existência no reconhecimento do outro. Hughes desenvolveu uma visão sistêmica do mundo, vendo-se como agente de transformação social, como se faz presente no poema "Cansado": "Estou tão cansado de esperar,/Para que o mundo se torne bom/Belo e gentil,/Você não?/Vamos pegar uma faca/Para cortá-lo em dois,/E ver o que os vermes estão comendo/Na casca". A vida, na poesia de Hughes, vai além da questão econômica, do poder, do egoísmo e da fama. Nota-se a preocupação constante com a inclusão social, principalmente quando expõe a problemática de pessoas desfavorecidas, como no poema "Sindicato": "Agora sei,/Não estou só./Todos os oprimidos/Do Terceiro Mundo,/Branco e negro,/Devem juntar suas mãos às minhas/Para sacudirmos os pilares daqueles templos/Onde moram deuses falsos/E abrigam altares corroídos/Tão protegidos,/E as leis que sustentam a cobiça/Que devem ser dizimadas". Os atores do universo de Hughes cultivam valores e direitos elementares, abrindo-se ao outro, dando espaço à solidariedade, à democracia, à liberdade e à igualdade, inserindo-se na plenitude da vida, apesar de a morte, a tristeza e o niilismo percorrerem a sua poética – não como revolta, mas como clamor e aviso às gerações futuras –, tal qual no poema "Lá": "Lá/Onde a morte/Alarga seu horizonte/E o Sol deixa de galopar/Através do céu,/Lá em que nada/É tudo,/

Eu,/Que nada sou,/Serei o Infinito,/Quem sabe,/Divino". Langston nos provoca, tirando-nos do lugar cômodo de centro do mundo para dele fazermos parte, bem como nos imputa a responsabilidade de preservarmos a vida, em toda a sua extensão, independentemente de a poesia ser útil ou não.

3 de fevereiro de 2015

O paraíso em *blues*

A música, como toda manifestação artística, não tem fronteiras. Assim, qualquer que seja a nossa preferência por uma (ou várias) dessas manifestações, torna-nos cidadãs e cidadãos do mundo, cuja nação é aquela que abriga a sensibilidade. Por uma de minhas identificações musicais, devo ter nascido no final do século XIX à beira do Mississippi. Fui criado como colhedor de algodão anônimo, com o Sol e as chibatas castigando as costas ao tempo de moldarem a minha alma com *blues*, muito *blues*. Com a voz rasgada, embargada, levemente rouca, entoava um mantra a cada flor de algodão colhida, como se eu trouxesse à palma da mão um tanto de nuvem e, portanto, pudesse me aproximar do céu para, dessa maneira, atenuar o sofrimento da minha gente. Todavia, nasci em Guaraci – pequena cidade do interior do Paraná – e cresci entre cafezais, desconhecendo o que era *blues*. Aliás, o meu primeiro contato com esse gênero musical deu-se por meio do rock, precisamente do Led Zeppelin, apresentado a mim por Claudio Luiz Brum, em Paranavaí, no final da década de 1970. O *blues* não estava presente apenas no Led, porém em outras bandas como Rolling Stones, Deep Purple; nas nacionais O Peso e, mais tarde, Barão Vermelho, Blues Etílicos; todas convergindo para um ritmo compassado, que faz as ondas cerebrais serpearem por todo o corpo, de modo que o sangue adquira fluxo único e desemboque no delta do Mississippi. Mas foi na década de 1980 que enveredei nessa toada, e o primeiro disco comprado especificamente de *blues* foi o de Riley Ben King. E foi esse o disco que ouvi na última sexta-feira, 15 de maio, manhã seguinte à noite em que o Rei do *Blues* despediu-se e juntou-se a Tião Carreiro – maior violeiro de todos os tempos – para uma dupla sem igual, lá pros lados do céu. Do seu Tião falarei depois, pois este é o momento daquele blusão de despedida, tirado de pegadas em *dead notes* e que influenciou George Harrison, Jeff Beck, Eric Clapton, incluindo o brasileiro Celso Blues Boy, que hoje faz coro na trupe dos reis da viola e do *blues*. "Blues Boy": B. B. Aqui, uma breve história do real B. B., que inspirou o nosso Celso. Riley Ben King nasceu em 16 de setembro de 1925, em uma fazenda de algodão, nas cercanias de Itta Bena, Mississippi. Aprendeu a tocar violão e em 1947 se mandou para Memphis, onde se destacou e passou a ser conhecido como Beale Street Blues Boy. No ano seguinte, deixou pela rua o "Beale Street" do nome artístico, emendou o sobrenome "King" no final de "Blues Boy" (garoto do *blues*) e o mundo ganhou B. B. King. Como todo rei tem sua rainha, o Garoto do Blues foi conhecê-la na década de 1950, após tocar em Twist, cidade do Arkansas. Durante a sua apresentação, houve uma confusão danada, seguida de incêndio, que fez o Rei sair às pressas e esquecer a sua guitarra Gibson. Não se fez de rogado, desafiou o dragão do fogo e voltou para resgatá-la. Soube-se que a quebradeira foi devido a uma mulher: Lucille. A partir de então, todas as suas guitarras foram batizadas Lucille. A própria Gibson fez uma linha exclusiva de guitarras com esse nome, e uma delas foi presenteada ao papa João Paulo II. O Rei e a rainha Lucille construíram um reinado de milhões de súditos e de discos vendidos, vários prêmios Grammy, dezenas de álbuns gravados. B. B. King, além de rei, foi porta-voz do *blues*, pôs-se na estrada, aportando também no Brasil. A última vez que aqui esteve foi em outubro de 2012. Na Via Funchal, em São Paulo, depois das dez da noite daquela sexta-feira, dia 5, o King entrou sorridente no palco. Terno preto com detalhes dourados, característico de realeza, presenteou a plateia com acenos e palhetas. Olhou para a cadeira, feito trono, que o esperava e nela depositou o olhar calejado de amante à rainha Lucille. Tomou-a no colo e convidou-a para declamar, acompanhada de vibrato, "The thrill is gone": "Oh, estou livre, livre, livre agora/ Livre de seu feitiço". Mas nós não, Mr. King.

19 de maio de 2015

Leituras de cá

Vogt-se

Carlos Vogt, junto com Roberto Piva, Claudio Willer, Lindolf Bell, Jorge Mautner, Álvaro Alves de Farias, Rubens Rodrigues Torres Filho, Orides Fontela, Sérgio Lima, Antonio de Franceschi, Rodrigo de Haro, Carlos Felipe Moisés, Bruno Tolentino, entre outros, compõem diversas dicções da poesia brasileira em solo paulistano, aquela que passou a ser denominada "Geração 60". Linguista, Vogt é o responsável pela introdução e pela disseminação da semântica argumentativa no país. Vogt, Carlos de sete faces, foi *gauche*, reitor, Raimundo, professor, crítico, doutor e um tantinho Drummond. Fez de tudo e mais um pouco. Desse pouco, um oceano em que a Literatura, feito bússola, tornou-se companheira, tendo recebido o Prêmio Jabuti de 2016 pelo livro *A utilidade do conhecimento*. Todavia, dentre as várias referências na sua vida literária, há uma estrela que o guia, desde que saiu de Sales Oliveira, interior de São Paulo, para ganhar novos mares. A poesia é o pilar central em sua nau para navegar por terras conhecidas e desvendar almas. A poesia é o seu astrolábio e potente telescópio para ver a imensidão do que somos, ou um microscópico para nos dar a verdadeira dimensão.

E a poesia, enquanto livro, teve forma na coletânea *Cantografia* (Massao Ohno & Hucitec, 1982), da qual afloram versos como: "A palavra/estala/estica/estoura/os rios se repetem". A sua estreia foi agraciada com uma distinção pela Associação Paulista de Críticos de Arte. E o navegante/poeta percorreu tantas outras geografias para nos entregar, com prefácio do crítico Alcir Pécora, *Poesia reunida* (Landy Editora, 2008). Pécora percebeu, na poética de Vogt, as vertentes epigramática e evocativa, identificando, para a primeira, elementos de concisão e de certa ironia, enquanto, para a segunda, ingredientes meditativos e melancólicos. Oito anos depois, Vogt retorna com *Novos poemas* (Ateliê Editorial, 2016), livro que reúne as coletâneas "Bandeirolas", "Bolinhos de chuva" e "Dedo de moça". Poemas leves, feito bandeirolas (Tudo é tão grande/que nada pequeno/cabe nessa imensidão); de extrema doçura, quais bolinhos de chuva (Quem parte leva saudade/quem fica saudade tem/quem parte não vai embora/quem fica parte também) e com direito a certas maldadezinhas picantes, como dedos-de-moça (Vamos nos ver/no mesmo bar de sempre/sentar àquela mesa/de preferência escondida/falar mal da vida alheia/bem da vida própria/e ambos da própria vida). Estamos diante de textos para serem deliciados com parcimônia, provocando-nos a reflexão a respeito de singularidades que abarcam o sentido da vida, e assim tê-la no aroma das palavras sem qualquer medida. Alquimista da linguagem, Vogt nos traz *Novos poemas* como velhos amigos a nos convidar a degustar um *pinot noir* ou versos elaborados à precisão, sem, contudo, perder a magia da sensibilidade. Vê-se o poeta maduro, que escreve: "digitar o rascunho do passado/como passageiro/catar palavras como quem recolhe/vestígios do presente", da mesma maneira que se vislumbra a alma adolescente, quase libertina, quando se lê: "o amor/é pecado/ se não for /cometido". Tem-se o poeta sem idade e de todas elas, com a sabedoria para nos lembrar de que "as coisas simples/são assim simples/porque simplesmente/passam/por isso são simples/

ao passar/e bastam". Não é à toa que, ao deparar com *Novos poemas*, está-se diante de um Mestre. Afinal, bem que se tenta, quero ver ser poeta depois dos 70. Vogt, polivalente, é atemporal.

Dezembro de 2016

Ah, Ademir, o amor é lindo!

Caros leitores, não se iludam com o título desta crônica. O Ademir a quem me refiro é o mesmo colunista deste jornal, e o amor pode ser tão lindo e simples quanto parece. Será? No seu pequeno, porém denso, volume de poemas *Volúpias* (Semprelo, 1990), Ademir Demarchi passeia distraído por entre túmulos e abre o livro com os versos: "nos finados/os cemitérios triplicam/suas ossadas". Tais versos ressurgem nas coletâneas *Os mortos na sala de jantar* (Realejo, 2007) e *Pirão de sereia* (Realejo, 2012). A importância de *Volúpias*, no universo demarchiano, reside na sinalização da temática niilista que percorrerá a sua obra, incluindo a temática sobre a morte, a ponto de dar título a um de seus livros. Se *Volúpias* lança a semente sobre tal temática, *Os mortos na sala de jantar* reafirma o estilo inconfundível do autor por meio de indagações e da profunda reflexão inscritas em poemas sintéticos, às vezes de um verso, qual aforismo, ou de uma palavra que dialoga com o título do poema, feito o poema "Pós-tudo", que é construído pela assertiva "pó". Esse jogo de linguagem, frequentemente, resulta em ironia, tal qual no poema "Da felicidade e da infelicidade": "lá vai o viúvo/sorri sua mulher/morreu sua amante". A ironia, trabalhada com pitadas sarcásticas e mordazes, revigora-se em *O amor é lindo* (Patuá, 2016), livro de poemas lançado recentemente. O maringaense Demarchi retoma a temática de *Os mortos na sala de jantar*, oferecendo-nos, em *O amor é lindo*, textos que apontam para a associação explosiva entre o amor e a morte, resultando no questionamento das relações conjugais. O consórcio amor/morte é visível nos poemas, assim como na capa e nas ilustrações bem elaboradas de Leonardo Mathias. Esqueletos transvestidos de casais, que remetem à Santa Muerte mexicana, avisam-nos de nossa natureza efêmera, a começar pelo poema que inaugura a obra, "Cerimônia de casamento": "até que a morte os separe/em caixões díspares", seguido do poema "O amor é lindo": "mas não se fabrica/caixão para dois". Não é de se esperar, no livro *O amor é lindo*, grandes temas, pois se está diante do cotidiano, e as convenções são apresentadas na sua simplicidade. O feito maior do Ademir é descrever tais convenções de forma aguda na plenitude de sua maturidade poética. A ironia extrapola a mesmice, estabelecendo-se em situações burlescas e risíveis, como aquelas encontradas no poema "Se eu morrer": "– se eu morrer, você vai sentir?/ – vou, vou ficar triste, vou definhar.../ – ah! que bom ouvir isso!", e nos versos dúbios de "No cardiologista": "seu coração está bem/põe para bater". O amor, para Ademir, é ironicamente livre: "almas gêmeas/algemas", como também muito: "oh deus! você sabia/que as minhocas/têm nada menos/que dez corações?" e, sobretudo, eterno: "depois que se nasce/da vagina não se esquece". Aliás, este último poema, "Amor eterno", acaba sendo, de forma bastante particular, uma cutucada no cronista que vos fala. O Ademir, na dedicatória de meu exemplar, escreveu a lápis, quase imperceptível sobre a ilustração de uma lápide gris: "Para Marco, Amor eterno". Não se deixem enganar, caros leitores, o Demarchi nada fez além de uma provocaçãozinha barata sobre uma crônica minha publicada há mais de trinta anos no *Jornal do DCE*, da UEM, que, na época, deu o maior bafafá em Maringá. O Reginaldo Benedito Dias, colunista do *Diário*, não me deixa mentir sozinho. Mas, caríssimos, o Ademir não se esqueceu de vocês: "ah! o amor!/pra poeta, escritor/nem de mãe, só de leitor". O amor não é lindo?

30 de agosto de 2016

Instruções góticas de Maurício de Almeida

Ao pensar sobre o gótico, sou impelido a encontrar-me em um ambiente lúgubre, povoado por seres taciturnos, dotados de tristeza, amargura, em que a morte é uma constante. Tais características são percebidas na coletânea de contos *Beijando dentes* (Record, 2008), primeiro livro de Maurício de Almeida. Os contos ocorrem em dias acidentados ou em noites infindáveis de, sobretudo, tribulação, além de possuírem componentes em comum: família, sexo, velhice, demência e morte. São histórias silenciosas em que fantasmas aparecem como distorções psicológicas, povoando um cenário melancólico e, com isso, revelam-nos matizes góticas. O título do livro remete-nos à cena clássica de *Hamlet*. Maurício não contempla somente o crânio, mas o beija, assim como beija a morte. *Beijando dentes* poderia ser *Beijando a morte*; não a morte convencionada, mas aquela que definha e desafia nossas relações, por mais que tenhamos jurado mantê-las eternas. *Beijando dentes* é de aflição ímpar, governada pela busca da liberdade de convenções, em particular, dos relacionamentos. Decorridos oito anos de seu livro de estreia, Maurício de Almeida publica *A instrução da noite* (Rocco, 2016), romance intenso que traz a atmosfera angustiante do livro anterior, com a estrutura estilística de alguns dos contos, traduzindo-se em dicção peculiar do autor. No romance, o personagem central, alguém atormentado, relata à irmã, Teresa, o reencontro com o pai. Revelam-se a apatia da mãe e a relação insossa com a esposa, Alice. Na medida em que nos debruçamos na leitura, afloram elementos góticos nas descrições de ambientes – "chego à sala e sem medo acendo a luz que trama sombras e contorna as coisas numa existência quase fúnebre" – e de personagens – "O pai estava soturno, as olheiras cavavam os olhos, o rosto sem vida apesar do sol, ele pálido num aspecto doente agravado pela tarde abafada e úmida". Tal construção possibilita-nos a sensação de estarmos diante de uma peça teatral. A presença do teatro, em vozes com fluxos e influxos do personagem com os próprios pensamentos, mistura-se em cortes atemporais e abruptos, difundindo-se nos interstícios das frases, como se os atores deixassem o tablado e neste permanecessem clamores, denotando algo sombrio. Dessa maneira, o tempo em *A instrução da noite* não é linear, pois, como o autor escreve, "o tempo é lento na angústia". Nessa angústia, o que resta se não a bebida? Então é possível ouvir Álvares de Azevedo: "Vinho! Vinho! Não vês que as taças estão vazias e bebemos o vácuo, como um sonâmbulo?". AA talvez seja o primeiro autor brasileiro a ter se aproximado do gótico, com o seu *Noite na taverna*. O protagonista de *A instrução da noite*, por sua vez, "só queria continuar ensimesmado, abusando do álcool sem me preocupar com a possibilidade da vergonha" ou "acender um cigarro e ter ao menos a proteção da nicotina". Apesar de, em nenhum momento, Campinas ser citada, a cidade natal de Maurício é o palco do livro. Cidade das andorinhas, como é conhecida, Campinas faz-se presente nesses pássaros que adornam calçadas e voam caóticos, do corpo para a capa do livro, nos detalhes da escultura de Coluccini. Campinas insinua-se nos ipês, nos bares, nas alusões à praça Antônio Pompeu e à basílica do Carmo. A cidade se apresenta nos bustos de Campos Sales,

Guilherme de Almeida e, principalmente, na estátua de Carlos Gomes, como se este regesse e sussurrasse instruções às noites campineiras ao som de O *guarani*, ainda que pese Maurício ser torcedor da Ponte Preta. "Só pra infernizar", cochicha-me o maestro.

15 de março de 2016

Mira, Miró

Joan Miró i Ferrà nasceu em Barcelona e viveu por noventa anos. Experimentou as cores e as dores do século XX como poucos. Viu a sua Espanha envolvida em guerras civil e mundial – esta retratada na série Constelações, na qual buscou clamar às estrelas para que os olhares se encantem muito mais pelas cores da Arte do que pelas dores da Guerra. Miró está no Brasil em alguma de suas obras, incluindo esculturas, pinturas e desenhos, expostas no Instituto Tomie Ohtake, em São Paulo, desde maio e até agosto próximo. A versatilidade artística de Miró comunga com as possibilidades da Arte, derrubando muros para possibilitar diálogos com outros artistas, influenciando-os e inspirando-os, como se pode ver no livro *Sob as cores de Miró – contos, poesia e palimpsestos*, da gaúcha radicada em Curitiba Lia Márcia Finn. Publicado pela Arte Editora, esse livro de estreia de Lia é um apelo à Arte, mas não àquela restrita à escrita, porém pela integração de diversas linguagens, feito eco da proposta de Miró. As viagens de Lia no universo em paralelo ao do catalão nos conduzem à reminiscência da infância, como no relato "Ikebana"; no trato singelo de "A estrela"; no trágico e arrebatador conto

"O carniceiro"; e nos poemas que nos aguçam a visão, "Introdução às cores" e "Pigmentos". Durante o percurso de leitura, não se pode ficar desatento, pois Lia Finn, no último parágrafo de "A concha" nos alerta veementemente: "Abre os olhos só para a grande aventura: a do assombro". É com essa epígrafe que sinto a leitura de Lia: um assombro surrealista. Assumindo claramente a influência de Miró, Lia revela, no texto "Por ti Joan": "Segui-lhe as pegadas que me levaram a um mar de formas, curvas e linhas em metamorfose". E são essas pegadas que nos conduzem a Dolores, personagem de "Colhedora de uvas" que remete à única filha de Miró, assim como o próprio título, "Colhedora de uvas", à obra de Miró de mesmo nome. A proposta de Lia vai além das palavras e dos gêneros (prosa e poesia), pois a cada texto que nos é apresentado se associam obras de Miró. Em "Esfera", Lia escreve: "Figuras e mais figuras, tão iguais e tão diferentes que o céu esfera azul atento ficava. Na fronte de cada uma, sempre havia dois pontinhos embaixo de duas retas perpendiculares, com uma protuberância mais centralizada e, logo abaixo, uma abertura". Lia revela-nos que a pintura que a motivou a escrever esse texto foi "O ouro do firmamento", de Miró. Em suas considerações, a autora esclarece que foram várias as obras de Miró que a inspiraram na composição do livro e lista uma série desses trabalhos. Na busca por Miró vê-se Lia. Ressalte-se que o livro não se contenta com o texto, pois Lia, também artista plástica, utiliza de seu fazer pictórico para expressar em imagens o que estava em palavra escrita. Entretanto, as suas ilustrações não conversam apenas com os textos; extrapolam e estabelecem ligações com a pintura de Joan Miró, como pode ser observado na predominância da cor verde em "Sapato", de Lia, e em "Natureza-morta com sapato velho", de Miró. Lia estabelece, dessa maneira, três pilares para sustentar a sua proposta: o diálogo de seu texto com a arte de Miró; o diálogo da própria experiência em pintura, que utilizou a monotipia com guache como técnica, com a arte de Miró; e, finalmente, o diálogo íntimo entre escritora e pintora em si instaladas, realizando-se, como ela uma vez escreveu, "em um núcleo de ideias, sentimentos e percepções quando perpassam o olhar do autor para ultrapassar o limite de sua própria alma". Lia Finn mostra-se, sobretudo, criadora, e o seu livro de estreia é uma leitura do contemporâneo. Ela é temerosa quanto a qualquer classificação do que vem a ser tal livro: de poemas, de crônicas, de contos ou de pintura. Não importa. Sob as cores de Lia, nessa genuína viagem surrealista, ganha-se um olhar em Miró. Mirem.

7 de julho de 2015

Adriana Sydor, toda prosa

Há cerca de um ano, debrucei-me, nesta coluna, sobre o ato de escrever. Na oportunidade, disse: "Escrevemos para que possamos ser digeridos, decompostos, expelidos e chegar a ponto de prato vazio. Triste é ser prato vazio antes de servido ou cheio sem ser degustado. Escrever, também, é abandonar-se à sorte dos milagres". Por obra ou de um milagre ou do acaso, Stéphane Chao, atento à boa literatura que se produz no Brasil, apresentou-me *toda prosa* (Travessa dos Editores, 2015), primeiro livro de crônicas de Adriana Sydor. Esse livro, construído a partir de um blogue da autora, vem-me como um prato a ser saboreado. Na primeira colherada, digo, crônica, Adriana assume-se filiada à prosa, reverenciando, por sua vez, a poesia ao escrever: "nunca serei poeta porque meu jeito de ver a vida não passa por essas lentes. ser poeta é muito mais que arrumar as frases no papel. a poesia está em mim como a música. sou uma amante submissa, que admira, se encanta, entende, alcança". Ao ler essa crônica, deparei-me não com a prosa, porém com essência poética, com a diferença de que os textos de Adriana não se apresentam na forma de poemas. *toda prosa* (sim, em caixa baixa) é um poema em que passeiam, entre tantos personagens, pescadores "costureiros de redes e destinos". Deixo os talheres e passo a provar o prato-livro com as mãos, pois o paladar é desfrutado na simplicidade. Adriana serve-nos em pitadas sem, contudo, diminuir a qualidade de sua culinária. São crônicas das quais afloram declarações de amor ao chuveiro; aos pequenos prazeres que nos banham por inteiro; a importância de um vasinho de lírios, do feijão com couve, de tortinhas de alho-poró, queijo e goiabada, da cuque de uva e da incrível arte de se manejar um leque, transpondo a esse criador de brisa a linguagem das emoções. Textos que nos espelham maravilhosamente banais e corriqueiros. Adriana, curitibana, realiza-se ao falar sobre o clima e traz a cidade natal no sotaque carregado de araucárias. O livro de Adriana é uma obra de revisitações, anotadas em diário pontilhado por experiências, reminiscências e descobertas, como aquela que, ao buscar a infância, agradece-a pelos anos de solidão e, dessa forma, encontra a maturidade: "a casa não é mais a mesma, sofreu reformas, encolheu, modificou, lutou contra a ação do tempo, ganhou novas cores, nova serventia, novo papel. quando chego, às vezes a reconheço, às vezes sinto saudade, às vezes choro". Adriana Sydor não nos recolhe lágrimas, porém sorrisos singulares, como os que experimentamos ao conhecer os seus sonhos de criança: ser caminhoneira ou carteira (com o indefectível uniforme azul e amarelo); fazer bolo só de cobertura; ter um cachorro são bernardo e também o cabelo da Perla; ir a Paris, à Lua; ser uma das Frenéticas ou o Gabriel García Márquez. Gabo e Pixinguinha são referências que aparecem em mais de uma crônica, assim como o frio, o vento e a chuva. Encharcada pela fome de escrever, confidencia que colecionou bobagens em baús e abriu "gavetas mofadas para que fantasmas pulassem". Confessa, na última crônica, que o livro é um pedaço seu a ser compartilhado, correndo o risco de a sua literatura ser desprezada, e o *toda prosa* virar entulho em uma prateleira ou, quem sabe, parar em um sebo empoeirado e fazer parte de um lote em que se levam trinta livros por dez reais. Toda prosa, Adriana não se deu conta de que o sonho de ir à Lua se concretizou ao ser, substancialmente, poeta.

24 de maio de 2016

Finalmente, Marcio

Tempo e nome são ficções. Personagens obesos, satíricos, acima dos 40, chegados a sexo, cerveja e prazeres escatológicos atravessam as páginas do *Finalmente hoje*, novo livro de contos de Marcio Renato dos Santos (Tulipas Negras, 2016). Se os contos do impronunciável *Golegolegolegolegah!* (Travessa dos Editores, 2013) configuram-se em um romance fragmentado, *Finalmente hoje* busca a compreensão do tempo, a começar por dividir-se em seções, que nos remetem à noção de temporalidade: "Quase agora", "Já passou ou é daqui a pouco", "Nunca mais", "Muito antes de antes de ontem", "Num outro agora" e "2016". Não seria o tempo de Marcio espécie de metáfora tanto para Jonas quanto para o peixe que o aprisiona? Somos essa eterna dicotomia prisão-liberdade, em que se dorme para, sempre, ter o dia seguinte? Tal conceito está presente em "Enviar uma carta", ápice do livro, em que o autor abole o tempo e o espaço. Marcio, nesse conto, conduz-nos em uma viagem surreal, em que tempo e espaço confundem-se, indo além de nossa percepção convencionada. Isso me faz pensar que o grande domínio do homem pelo homem é aprender a dominar a si próprio, então o tempo será consequência. Todavia, esse ente tempo-espaço é identificável na obra: Curitiba. Marcio, nascido, criado, ungido na cidade, transveste-se nos personagens e passeia pela capital paranaense. No conto "É um táxi que chega inesperadamente", o protagonista, um escritor, põe o seu Ray-Ban e, todo todo ("manja?", como nos quer tal personagem), vaga pelas ruas curitibanas em busca de frases de efeito, como: "o escritor é um editor de acasos", "a matéria-prima do escritor é o impalpável". Na Rua XV, entra em uma livraria para verificar como está a saída de seu último livro e, logo a seguir, emenda a frase oracular do "Finalmente hoje", a descortinar a face do autor: "somos responsáveis por elaborar os pilares invisíveis do tempo em que vivemos". Ah! Não é por acaso que a página derradeira do livro estampa uma fotografia do autor com óculos escuros. Como também o autor revela-se nos nomes que se repetem e trafegam ao longo dos contos, um dos quais chama a atenção: Jonas, particularmente o Jonas X, jornalista feito o Marcio, presente no último conto, exatamente o "Finalmente hoje". O JX lembra-me outro Jonas, o qual, ordenado a pregar em Nínive, foge pelo mar, rumo a Társis. Dá-se uma tempestade, que é acalmada após Jonas ser lançado à água. Jonas é engolido por um peixe enorme, dentro do qual fica por três dias e três noites até ser expelido. Com isso, revê a decisão da fuga e parte para Nínive, para cumprir o destino de profeta. Esse peixe enorme é a Literatura que traga para seu ventre o escritor, para nele hibernar, ser regurgitado e assim transformado. Jonas torna-se Pinóquio que, igualmente engolido por um grande peixe, simboliza a outra face do escritor, a de mentiroso. Boas mentiras também fazem a boa Literatura, refletindo as diversas facetas do tempo, a ponto de o Marcio renascer a cada conto que nos oferece, desde o aparecimento de *Minda-au* (Record, 2010), seu livro de estreia. Estava me esquecendo: no conto "Pimenteira", que abre *Finalmente hoje*, leio: "Bruno e Péricles se conheceram no curso de Engenharia Química e continuaram colegas na pós-graduação". Pois bem, caros leitores, sou formado em

Engenharia Química, zanzei pela Universidade Federal do Paraná e não conheci nem Bruno nem Péricles, mas por meio dessa orca faminta que é a Literatura reencontro, finalmente, Marcio.

5 de julho de 2016

Mário Bortolotto no olho do furacão

Um filme bacana que assisti este ano foi *Amantes eternos*, de Jim Jarmusch. Trata-se da história de Adam (Tom Hiddleston) e Eve (Tilda Swinton), casal de vampiros cultos, sensíveis, que não saem à caça de jugulares para se manterem em pé. Compram o sangue; esse *consommé*, contudo, é uma metáfora para a Cultura. Enquanto o filme se desenrolava em uma Detroit sombria, em que Adam e Eve buscavam cultura que os mantivesse vivos (ou mortos-vivos, sei lá), veio-me à mente *Os anos do furacão* (Realejo, 2012), coletânea de textos publicados em um blogue do londrinense Mário Bortolotto. Assim como o filme, o livro é dose pura de Jack Daniel's, a começar pela capa que traz uma releitura do rótulo da garrafa de uísque, com a sacada "Distilled and Bottled by Mário Bortolotto". A coletânea é resultado do período que o autor passou imerso na solidão, regada a bebida e *blues*, muito *blues*. Um dos expoentes de nossa dramaturgia, Mário é, sobretudo, poeta, e sua poesia atravessa o livro, destilando sensibilidade. Feito os vampiros de Jarmusch, Bortolotto sobrevoa Sampa dizendo-nos: "A noite não perdoa. A noite abençoa quem sai na hora certa. E amaldiçoa quem não sabe a hora de sair". É assim que o bardo aporta numa mesa de bar e vê-se desagradável após a décima dose, sem fazer o gênero Gasparzinho. O que pode parecer grosseria revela-se timidez, a começar pela desconstrução de uma possível belicosidade ao se ler: "acredito que é da natureza das pessoas suaves abdicarem da prepotência de possuírem uma memória prodigiosa". Lorde *beatnik*, Mário nos mostra que as pessoas são centrais em nossas vidas, dentre as quais uma sobressai: a filha. O amor é tanto que ele não encontra adjetivos para descrevê-la. O amor é tanto que os médicos aconselharam não a deixar ao lado do pai, em um leito hospitalar, quando Marião levou um balaço, patada de elefante, no peito. Morreria não pelo tiro que recebera no final de 2009. Morreria o caipira, o pé-vermelho dos coturnos de cadarços desamarrados, do coração, de emoção ao acordar e ver a filha a seu lado. Mário nutre devoção por seus camaradas. Em uma das passagens do livro, ele nos conta que, em determinada ocasião, em casa e de madrugada, recebe a ligação de um *brother* que se metera em confusão. Calça as botas, enquanto a companheira pergunta. — São muitos? Vai bater nos caras? Recebe como resposta. — Eu vou lá apanhar com os amigos. É o mínimo que posso fazer. O livro não apresenta estrutura linear, podendo-se lê-lo de lá pra cá, do meio pro começo. Enfim, um redemoinho, um furacão em cujo centro repousa a calma de um anjo silencioso, discreto, pronto a ser chamado, qual Miguel Arcanjo. Junto com Miguel está um dramaturgo que, no início da adolescência, frequentou um seminário e resolveu encasquetar com um moleque. Prometeu-se odiá-lo por toda a vida. Certa vez, o guri do pavio curto entrou no dormitório do tal seminário e encontrou uma senhora, que chorava desesperada, ao lado da cama do desafeto. Como alguém haveria de chorar por uma pessoa tão odiada? "Eu não acreditava que alguém pudesse me amar. Ninguém podia amar um garoto com tanto ódio dentro de si", confessa-nos Bortolotto. No dia seguinte, o brucutuzinho soube da morte de Luís Guilherme. O restante do relato é catarse de beleza inominável, que nos desmascara, revelando-nos por meio da essência do *blues*: descer em um poço sem fundo e descobrir que, sim, existe fundo. Afinal, se Deus está em todos os lugares, Ele também está na solidão de uma mesa de bar e no olho de um furacão.

20 de setembro de 2016

O velograal de Miguel

1.

Pélias, usurpador do trono de Tessália, para dar um fim ao herdeiro do reino, Jasão, enviou-o para a missão impossível de trazer um objeto encantado, que possibilitaria riqueza e poder para quem o possuísse: o velocino de ouro. Esse velocino, ou velo, referia-se à lã mágica do carneiro mítico Crisómalos, que estava encravada em um carvalho, protegido por um monstro, na distante Cólquida. Jasão e outros heróis, os argonautas, partiram na busca da preciosa lã, enfrentando n desafios. Ao chegar a Cólquida, Jasão passou a contar com a ajuda da feiticeira Medeia, filha de Eetes, rei de Cólquida. Medeia enamorou-se de Jasão, auxiliando-o a acabar com o tal monstro e a conseguir o velo. Os argonautas, na companhia de Medeia e do irmão desta, Absirto, foram perseguidos por Eetes. A bruxa não titubeou, trucidou o irmão, lançando-o aos pedaços ao mar, fazendo com que Eetes ficasse pelo caminho recolhendo os restos do filho. Ao chegarem a Tessália, Jasão casou-se com Medeia que, para variar, fatiou Pélias.

2.

Outro objeto encantado aflora nesta minha viagem: o graal. Na mitologia celta, refere-se a um caldeirão que transfere, por meio do alimento nele cozido, vigor às pessoas; ou os mortos nele mergulhados voltam à vida. Outra versão o associa ao cálice utilizado para recolher o sangue de Cristo quando de Sua crucificação. Juntando taça e caldeirão no mesmo tacho, resulta a lenda do rei Arthur que, no fim da vida e para trazer paz à Bretanha, enviou os cavaleiros da Távola Redonda para encontrar o cálice sagrado. Entre os lugares que visitaram, estava a ilha mística Avalon. Existem variantes que apontam Glastonbury como Avalon, estando nela enterrados Arthur e Guinevere, assim como o próprio graal. Há variações sobre a natureza física do graal, além de caldeirão ou taça, como as que o relacionam a uma esmeralda vinda do céu, ou ao Grande Livro, escrito por Jesus.

3.

Velo de ouro e Santo Graal confluem para a busca imaterial. Jasão e Arthur, Medeia e Guinevere, argonautas e cavaleiros da Távola Redonda, Cólquida e Avalon são arquétipos, os quais, de certo modo, estão presentes em *A bíblia do Che* (Companhia das Letras, 2016), novo romance do paranaense Miguel Sanches Neto. Nesse livro, o protagonista, professor Pessoa, tem a missão de encontrar o exemplar de uma bíblia, com anotações de Che Guevara. Che, antes de morrer na Bolívia, teria estado em Curitiba, cidade de Pessoa, cinquentão amargurado, chegado ao onanismo e às belas mulheres – dentre elas Celina, uma aficionada por Che. Junto com Celina, Pessoa percorre Curitiba, chegando a Havana na caça de seu velograal: a bíblia do Che. Miguel debruça-se em detalhes sobre a capital cu(riti)bana, desmistificando-a e ao mesmo tempo a engrandecendo, bem como, enquanto autor, distancia-se do mito Guevara, transportando toda a devoção e adoração para Celina. Eis a magia da obra: a transmutação do autor na personagem, qual água em vinho, a ponto de levá-la ao calvário da loucura. Apesar de o livro ser conduzido na voz de Pessoa, é Celina o coração da trama e a sua Medeia, pois Pessoa (espécie de Jasão) é um enfeitiçado, seguindo-a até a Bolívia feito templário, como se lá fosse Avalon. Novamente entra a mão certeira de Miguel ao descrever o país vizinho: sua gente, geografia, local em que Che foi abatido e a sua cova qual sepulcro de Cristo ou de Arthur, na eterna esperança de vê-los ressuscitados. Encontrar ou não a bíblia do Che pouco importa, o que vale é a leitura, essa interminável busca do Velo de Ouro, do Santo Graal ou de nós mesmos.

9 de agosto de 2016

Quase despedida

(Des)aforismos poéticos

A rede virtual permite-nos descobertas e proximidades. Acontece de tudo e aparecem-nos todos. Dentre esses, um convite para que eu refletisse sobre poesia. Na tarefa para atendê-lo, resgatei alguns de meus comentários, publicados em tal rede, a respeito do assunto, aqui retomados na forma de desaforos.

1. Poesia é uma prisão que construímos para nós mesmos. Depois, passamos a vida toda para escapar dela.

2. Não há receita para o poema. Quem o cria, jamais espera o que vai encontrar.

3. Vez e outra sinto falta do pensamento forte e que nos ilumine. Um poema não nos basta, mesmo que nos conforte. Aí, sim, a palavra moverá montanhas.

4. Por mais máscaras que o poeta vista, sempre há uma lágrima ou um sorriso que o delata.

5. O estilo é um espelho.

6. Nem sempre o poeta tem a dimensão daquilo que escreve. Quando um poema toca o outro, este poema passa a ter vida própria e a própria vida tem sentido.

7. "Quando um poema deixa de ser seu?", perguntaram-me. "Sempre o será", respondi. "O que acontece é que o poema cresce e ganha outra geografia."

8. A poesia também é ressonância e troca de sensibilidades.

9. O poema não tem a intenção de apresentar única leitura. O poema é construído por diversos olhares.

10. Não existe poesia de via única.

11. O poeta é instrumento daquilo que sente e pensa. A palavra, escrita, é um pássaro em pleno voo. Cabe à palavra, lida, ver o pássaro.

12. Não é exclusividade de quem escreve perceber a profundidade das coisas.

13. O poema não navega somente nas vagas da noite. O poema, afoito, rompe fronteiras e adormece em olhar alheio.

14. A grandeza de um poema está no que provoca.

15. Apesar de a palavra "alma" transportar-nos à espiritualidade, também remete tanto a "pensamento" quanto a "poema". Algo intangível que se faz presente, embora o corpo esteja ausente. Alma, pensamento, poema – de certo modo – tornam-se sinônimos.

16. O exercício da poesia permite-nos construir elos, pontes para que possamos entender, em primeira instância, a nós mesmos.

17. A poesia, em essência, é livre, rebelde e revolucionária.

18. A poesia nos permite não ser e nos dá o atrevimento de ir além.

19. Se a vida coubesse em um poema, ofereceria todo o meu esforço. Mas em um poema cabem palavras e sentimentos que nos provocam.
20. O que é poesia? Seria a representação do belo por meio da escrita? Para que serve a poesia? Para alguns, serventia nenhuma; para outros, razão de existir.
21. Peço a sua licença para oferecer a possibilidade da leitura e que cada um pinte o seu quadro. Deixe-me oferecer a tela.

24 de março de 2015

(Des)aforismos de junho

O final de junho apresenta-se qual final de ano. Uma das explicações para tanto seria o final do semestre letivo e, em seguida, o período de férias. Retomo algumas reflexões colhidas de alfarrábios, que deram corpo a sentenças fragmentadas, aproximadas a aforismos. Eis alguns (des)aforismos que estavam guardados nos recônditos de uma caixa de sapatos:

1. Os peixes fazem biquinho para falar. Parece que estão em estado permanente de *selfie*.

2. Tenho, descaradamente, queda para números primos, irracionais, aleatórios e desajustados.

3. Chega-se a certa idade em que deixamos de fazer anos para transcendê-los.

4. O relógio é um eterno solitário.

5. Viver, experimentar o que é possível. Não existiria o "o que restou" caso não houvesse "o que se experimentou".

6. Experimentamos metamorfoses. Ousadia é essencial.

7. Afinal, somos resultados de quê? De nossas escolhas ou das opções que nos ofereceram?
8. Não podemos, não devemos cruzar os braços e ofuscar o que pensamos.
9. Sujeitar-se à mudança não é tarefa fácil, pois temos de vencer resistências, principalmente a do espelho.
10. Quando expomos o coração, aceitamos a imperfeição.
11. A Literatura traz a sensação de inscrições rupestres. Desenhamos letras como quem grafa notícias a leitores para daqui a mil anos.
12. Deve ser a primeira vez que escrevo "erva-cidreira". A dimensão do simples comove.
13. O que aprendemos com a sabedoria dos gatos? O segredo dos telhados ou das estrelas?
14. O rio de minha aldeia comunga com o rio de sua aldeia e deles podemos saciar a saudade.
15. Pescaria que nunca termina: anzol e peixe são manifestações de uma coisa só. O peixe que tanto se busca está naquele que lança a isca.
16. O ato de pescar é a pergunta, enquanto o peixe traduz a resposta. Nem sempre o resultado da pesca é o peixe, pois a linha pode retornar vazia, permitindo novas tentativas e outras tantas perguntas.
17. As perguntas transformam. As respostas são os exercícios de pô-las em prática.
18. A indiferença é o oitavo pecado capital ou do capital. A indiferença tornou-se o pecado mortal de nossa época.

19. Não tenho dúvidas sobre a competência de o ser humano defender-se da ameaça de meteoros. As minhas dúvidas recaem sobre a competência para defender-se de si próprio.
20. Sou pé-vermelho, caipira nascido e criado no interior do Paraná, que teve a oportunidade de conhecer, de viver em alguns lugares. Tais experiências moldaram o que sou. Escrever permite compartilhar experiências.
21. Restam-me pegadas. Não consigo identificá-las; estão impregnadas de nuvens.

30 de junho de 2015

Guayrá: a gênese de um romance[1]

Está comigo, para a revisão derradeira, o miolo do meu segundo romance, *Guayrá*, a ser lançado em breve pela editora Confraria do Vento, do Rio de Janeiro. Trata-se de uma ficção histórica baseada na instalação de reduções jesuíticas espanholas em solo paranaense, região conhecida como Guayrá, no início do século XVII. O que me levou a escrevê-lo? Em 2007, Solange sugeriu conhecermos as missões do Rio Grande do Sul. Fomos para Foz do Iguaçu e, de lá, seguimos para a província argentina de Misiones. Visitamos as ruínas de San Ignacio Miní e soubemos que aquela redução se originara em Santo Inácio (PR), perto de Guaraci, cidade em que nasci. Na oportunidade, vimos outra redução: Nossa Senhora de Loreto. Continuamos para São Miguel das Missões (RS), que se descortinou, e um pouco da história do Brasil abriu-se em esculturas guaraníticas. Ao ver tamanha riqueza, deparei-me com a face de minha ignorância. Viagens e descobertas juntaram-se, impulsionando-me a reconstruir ruínas, tornar visível um passado eclipsado. Por onde

1 Última crônica publicada no "O Diário do Norte do Paraná. *Guayrá* foi publicado em 2017 pela Confraria do Vento.

começar o livro? Enveredei-me em leituras e a maioria apontava um destino: Guayrá. Sim, pois um dos fundadores de São Miguel foi o jesuíta Cristóbal de Mendoza, que instalara uma redução de igual nome não muito distante de Ponta Grossa (PR). Para minha outra surpresa, Nossa Senhora de Loreto, na Argentina, teve origem no Paraná. Caramba! Somos tão ricos de História e tão pobres de Memória. No ano seguinte, aprontamos as malas e partimos para as missões paranaenses. Visitamos, em Santo Inácio, um pequeno museu, assim como o sítio arqueológico da redução. Encontramos uma placa destroçada que, presumidamente, indicava tal sítio. Das ruínas conhecidas, aquela placa foi a que mais nos marcou, porque representou a destruição da memória, a essência do descaso. Não muito distante fluía, calmo, o Paranapanema. Ao tocá-lo, senti a odisseia do padre Montoya ao ter de conduzir milhares de guaranis, a partir daquele rio, para livrá-los da escravidão e da morte trazida por mãos estrangeiras. O que mudou? Caso queira destruir um povo, comece por sua Cultura. Assim o fizeram, assim o fazem. A história se repete, como se nada houvesse sob o Sol. Seguimos para Itaguajé (PR) e fomos acolhidos pela cartorária da cidade, que nos levou a outro sítio arqueológico. Ao chegarmos, informaram-nos que pesquisadores lá estiveram para, então, esquecê-lo. Perguntei sobre a desembocadura do Pirapó no Paranapanema. O sentimento ao ver o Pirapó despejar-se no Paranapanema foi o de ter cumprido um ciclo e experimentado as peripécias do destino, pois próximo do encontro entre aqueles rios havia sido erigida a primeira redução do Guayrá em agosto de 1610: Nossa Senhora de Loreto. Não é fácil estabelecer fronteiras entre motivação e fazer literário. Durante o percurso houve paixão e encantamento, todavia foi necessário controlá-los para que se ampliasse a proposta estética para o romance, vez que um dos desafios estava em questionar o cânone histórico. Para isso, era preciso revisitar a História e torná-la personagem de si própria. Caros leitores, coincidentemente, com a chegada do meu novo livro encerra-se outro ciclo, pois, com esta crônica, despeço-me deste espaço. Após mais de dois anos e pouco mais de cem crônicas, não mais nos encontraremos nesta coluna. Sou grato por acompanharem a minha escrita, permitindo-me o resgate de experiências, para buscar sentido ao que vivemos e ao que estamos por viver. A propósito, uma possibilidade para o significado de "Guayrá" é "aquele lugar resiste", e resistimos em nossa história. Obrigado por sua leitura e até breve.

11 de outubro de 2016

Epílogo

A esperança vence a incerteza

Às 6h02 de 2 de agosto de 2022, assino a "Carta às brasileiras e aos brasileiros em defesa do Estado Democrático de Direito". O número de minha adesão é 653.582 e identifico-me como professor universitário, escritor, poeta e cientista. Endosso o que está escrito: "Vivemos em um país de profundas desigualdades sociais, com carências em serviços públicos essenciais, como saúde, educação, habitação e segurança pública. Temos muito a caminhar no desenvolvimento das nossas potencialidades econômicas de forma sustentável. Nossa consciência cívica é muito maior do que imaginam os adversários da democracia. Sabemos deixar ao lado divergências menores em prol de algo muito maior, a defesa da ordem democrática". O documento é alento contra o descrédito ao sistema eleitoral impetrado por personalidades de cenho ditatorial, com notório desejo de golpe de Estado, a ponto de convocarem simpatizantes para tomar as ruas, "pela última vez", no dia 7 de setembro de 2022, repetindo ato golpista do ano anterior, ao tempo de macular os duzentos anos de nossa independência. Atrelam-se à postura antidemocrática aquelas de cunho misógino, racista, machista, armamentista;

o desprezo às causas ambientais e aos povos originários, que deixa qualquer cidadã e cidadão estupefato e incrédulo. Olho o número de minha adesão e procuro a atualização daquele de mortes devido à Covid-19: aproxima-se rapidamente de 700.000. Busco paralelo entre os números: democracia e pandemia. Digito palavras-chave e encontro o site Congresso em Foco, que, em 1 de abril de 2020, aponta o emprego das expressões "gripezinha", "fantasia", "histeria" para se referir à doença, entendendo que a situação não pode ser tratada como "se fosse o fim do mundo". Para além da atitude negacionista e da ojeriza à democracia que os caracterizam, está a aversão à Ciência, contra o uso de máscaras e ações saneadoras feito o distanciamento social. Saúde, educação e democracia. Sim, assinei a Carta, pois o impacto da Covid-19 não pode ser esquecido, como não podem ser encobertos incontáveis atos de dimensões infantis e ao mesmo tempo monstruosas, como o de se fazer arminhas com as mãos, e até planetárias, feito a convocação de embaixadores para fomentar a desconfiança no sistema eleitoral brasileiro, ou visitas a países com tendências imperialistas. Dias antes da invasão russa à Ucrânia, em fevereiro de 2022, Putin foi visitado. A agenda era a falta de fertilizantes em nosso país. Poucos sabem que no início de 2020 foram encerradas as atividades da Fafen Fertilizantes, no Paraná, deixando centenas de desempregados e aumentando a dependência da importação desse insumo. A triste coincidência é que o fechamento da fábrica se deu na véspera da pandemia. Estudos técnicos poderiam ter sido realizados para adaptar a planta de separação de ar existente na unidade de fertilizantes para a produção de oxigênio hospitalar, que seria essencial no tratamento de pacientes acometidos de Covid-19, evitando mortes como aquelas que ocorreram em Manaus no início de 2021. Acrescente-se que o majoritário discurso antidemocrático se associou à faceta mais pérfida do agronegócio, que é a problemática dos agrotóxicos. Em que pese o impacto danoso ao meio ambiente, verificou-se algo que beira a insanidade, como reporta uma matéria encontrada no Portal de Notícias do UOL, em 21 de fevereiro de 2022, em que se lê: "Agrotóxico é usado como 'arma química' contra aldeias indígenas em Mato Grosso do Sul". Assinei a Carta em nome daqueles que nos deixaram por conta da Covid-19, cujas mortes poderiam ter sido evitadas. Assinei a Carta em nome daqueles em situação de invisibilidade e vulnerabilidade social; daqueles que não têm voz ou que, mesmo a tendo, não são ouvidos. Assinei porque enquanto professor e cientista busco, em consonância com o poeta, promover a integração entre a técnica e o compromisso social, com o propósito mínimo da crença de que a Esperança vence a incerteza.

Agosto de 2022

GRÁFICA PAYM
Tel. [11] 4392-3344
paym@graficapaym.com.br